얀 이야기

❸

이스탄불의 점쟁이 토끼

*

망명한 얀

마치다 준 글 그림
김은진 한인숙 옮김

東 文 選

이스탄불의 점쟁이 토끼

*

망명한 얀

차 * 례

흑해

유럽 쪽

보스포루스
해협

• 칸르자

금각만   선서가지

구서가지
• 위스퀴다르

• 카디쾨이

아시아 쪽

마르마라 해

프린키포섬
(뷔위카다)

시실리

【신시가지 쪽】

탁심

페라

페라 대로

금각 만

갈라타 탑

곰 아저씨네 집

갈라타

카라쾨이

에디르네 문

튀넬 입구

보스포루스 해협

갈라타 다리

에미노뉘

뤼스템 파샤 자미

예니 자미

쉴레이마니에 자미

꽃 시장

시케지 역

바야짓 탑

이집션 바자르

토프카피 궁

스탐불

그랜드 바자르

누르오스마니에 자미

【구시가지 쪽】

오리엔트 익스프레스 철도

마르마라 해

갈라타 다리를 사이에 두고서 멀리 보이는 쪽이 구시가지,
가까이 보이는 쪽이 신시가지.

얀에게

1917년의 러시아 혁명과 연이은 적군과 백군의 내전이 한창일 무렵, 많은 귀족들과 부르주아며 군인들이 망명 길에 올랐다. 말할 것도 없이 인간의 혼란은 인간에 속하지 않은 계층이며 종족(屬)에게까지 파급되었다. 세계의 조화를 깨뜨린 쪽은 언제나 인간들이었고, 진짜 피해자는 늘 그렇듯 동물들이었다.

망명자들 가운데는 물론 고양이며 까마귀며 시궁쥐들, 게다가 개와 곰들도 있었다. 터키의 콘스탄티노플(이스탄불*)은 그렇게 러시아에서 온 망명객들로 들끓었다. 자산이나 연고가 있는 이들에게는 파리라든가 런던·남프랑스·스페인 등지로 나가는 경유지에 지나지 않았지만, 아무런 전망도 해볼 수 없는 이들에게 있어서는 언제까지나 과거의 망령처럼 유랑할 수 있는 운명적인 도시로 여겨졌다.

더더구나 이 도시는 그러한 무리들을 특유의 상냥스

＊ 이스탄불······비잔틴 제국의 수도였던 콘스탄티노플은, 1453년 오스만 제국의 정복으로 인하여 그 이름이 이스탄불로 바뀌었다. 그럼에도 유럽인들은 여전히 콘스탄티노플이라 일컫고 있다.

러움으로 맞아 주었다. 오스만 제국은 그럴 만한 여유가 없었을 터이지만, 가진 자에게는 유난히 다정스레, 또 돈이 없는 자에게는 그에 상응하는 태도로 대하는 남다른 포용력을 불가사의하게도 이 도시만은 여태껏 간직하고 있었던 것일는지도 모른다.

독일어·프랑스어·러시아어, 그리고 그리스어·알바니아어·세르비아어 등 발칸 제국의 언어와, 또 아르메니아며 그루지야·카프카스 지역의 언어와, 물론 아랍 문자로 표기되는 터키어와 섞이어서 동물들의 언어가 도시 곳곳으로——바자르, 호텔, 역, 항구, 카페, 식당, 노면 전차(트램), 케이블 지하철(튀넬), 뒷골목, 식당 의자 아래, 지하실, 하수구로——퍼져 나갔다.

1

1920년 12월 초, 나는 갈라타 탑*의 바로 아래께에, 처음으로 찾아든 이에게는 어쩐지 을씨년스러운 느낌을 주는 자그마한 빈 터의 야트막한 돌담에 걸터앉아서 시미트를 먹고 있었다. 하루가 지나 버린 시미트*는 퍼석퍼석해서 그다지 맛이 나지 않았다.

거리는 먹을 것이 없어 배를 곯는 난민들과 망명 병사들, 그리고 이와는 딴판으로 먹을 것은 물론이려니와 온

---

* 갈라타 탑……1348년, 제노바인들이 시가지를 조망할 수 있도록 건축한 탑. 오스만 제국 치하에서는 감옥이나 천문대, 또는 소방망루로 쓰이기도 했다.

* 시미트……깨를 묻힌 고리 모양의 빵. 길거리에서 시미트를 파는 모습이며 팔려고 외치는 소리들은 이스탄불 특유의 분위기를 자아낸다.

갖 것들을 휘감고서 마치 여행이라도 즐기러 나온 듯한 극단의 유복한 망명 러시아 귀족이며 은행가·상인·정부 고관·장군들로 북적거렸다.

여름이면 기분 좋은 그늘이 생기는, 포도 덩굴이 뻗어나갈 수 있도록 만들어진 이곳 시렁은 지금은 생뚱스럽게도 빨래를 널어 말리는 장소로 쓰이고 있었다. 그래도 탑의 그림자가 드리워진 적 없는 이 아침의 빈 터와, 겨울 날씨치고는 따사로운, 러시아에 비하면 마치 봄날 같은 께느른한 공기가 감돌아 나의 마음을 포근히 감싸 주었다.

아까부터 바로 가까이에 놓인 벤치에 갈매기 한 마리가 머무르면서 이따금씩 내 쪽을 힐끗힐끗 훔쳐보고 있는 듯한 느낌이 들었다. 무슨 볼일이라도 있나 싶어서 그쪽으로 눈길을 돌렸더니, 갈매기는 갈라타 탑의 정면 돌벽을 어찌 된 까닭인지 진지한 눈빛으로 바라다보고 있는 것이었다.

나는 시미트를 또 한입 베어 물었다. 그러자 갈매기가 또다시 내 쪽을 보는 듯한 기운이 느껴졌다. 나는 재차

갈라타 탑과 시미트를 들고 있는 나.

옆 벤치의 갈매기 쪽으로 눈길이 쏠렸는데, 갈매기는 여전한 모습으로 탑의 돌벽만 응시하고 있을 따름이었다. 탑의 돌벽은 그저 돌들을 쌓아 만든 것으로 무슨 포스터가 나붙어 있지도 않았고, 희부연 빛만이 아침 햇살에 어른거리고 있었다.

도무지 맛이라곤 없는 시미트를 그래도 다시 한입 베어 먹으려 들었을 때, 갈매기가 이쪽을 향하고 있는 기미를 느꼈다. 순간 고개를 돌려 보았으나, 갈매기는 정면을 향한 그 모습 그대로였다. 나는 어쩐지 자꾸만 마음이 쓰여서 시미트를 더는 먹을 수가 없었다.

"저, 무슨 볼일이라도?"

나는 일껏 큰마음을 먹고서 물어보았다.

"아, 아냐, 별로."

갈매기가 잘라 말했다.

"참 따뜻한 아침이야."

겨울 빛은 나에게도, 그리고 갈매기에게도 공평히 비쳐들고 있었다.

"작년 이맘때는 몹시 추웠었는데. 게다가 석탄마저 동

나 버리는 바람에 노면 전차도, 보스포루스를 건너는 증기선도 옴짝달싹할 수가 없었는데…….”

“그래, 그랬었지.”

갈매기는 건성으로 맞장단을 쳤다. 그리고 내가 시미트를 또다시 입으로 가져갔을 때,

“그 시미트 맛있니?”

하고, 이번에는 갈매기 쪽에서 먼저 물어왔다.

“아아니, 퍼석퍼석해. ……. 아, 반쪽이긴 하지만 조금 먹어 볼 테야?”

“응, 그래도 괜찮아?”

갈매기가 되물었다. 그러더니 시미트를 받아다가 퍼서석거리며 먹기 시작했다.

“물고기는 영 달갑잖아서 말이야.”

갈매기는 우물우물 중얼거렸다.

“그렇다면 여간 불편스럽지 않겠는걸. 갈매기는 대개 바다나 부둣가에서 어부들이 잡아 놓은 물고기 따위를 먹고 사는 줄 알았는데.”

“맞아, 뭐 그렇긴 해. 그래도 난 달갑잖아. 비린내 나는

것들은 무조건 싫어."

갈매기는 말꼬리에 힘을 주었다.

아아, 그래서 이런 길거리에서 먹을 것을 찾고 있었던 거로구나고 나는 짐작했다.

"지금 당장은 이 거리에서 먹을 것을 찾기란 좀처럼 어려워……. 그래도 올해는 지난해보다 조금 나아진 것 같아."

갈매기는 작은 목소리로 속살거렸다.

"이곳에 오래 살았니?"

"아주 오래전부터. 그런데 너는 이곳 고양이는 아닌 모양이네. 이 일대의 고양이들보다 몸집도 커 보이고 말이야."

"그래, 러시아에서 왔어. 지난해였지. 세바스토폴에서 그리스 화물선을 타고 왔더랬어."

"그럼 망명자인 거네."

"그래, 뭐 그런 셈이지. 그렇더라도 나라라든가 하는 그런 인간의 무리들이 만든 것들 따윈 인정하고 싶지 않으니까, 끝까지 러시아의 대지에서 온 망명자라고 불러 주었으면 해."

"맞아, 그렇긴 해. 인간들이란 표면적으로는 그럴듯하게 번드레한 말들을 해대지만, 결국에 가서는 자기 욕망대로 살아가잖아. 저들이 만든 국가라든가 법률이라든가 하는 것들도 다 헛되고 황당해서 말할 거리가 못된다니까. ……그래도 이 시미트는 의외로 맛있네. 인간들은 먹을거리에 관해서는 제법 까다로운 편인가 봐."

갈매기는 자기 모순을 감추지 않으며 계속해서 먹어댔다.

"잘 먹었어. 모처럼 아침부터 끼니를 에울 수가 있었네. 오늘은 운수가 좋은 날이야."

갈매기는 마저 다 먹고 나서 날개를 펼쳐 파닥파닥 잔날갯짓을 했다. 그리고 한참 동안 몸을 덮고 있는 깃털들을 가다듬는가 싶더니, 다시금 정면을 향하고서 진지한 얼굴로 무언가를 골똘히 생각하고 있는 듯했다. 그러다 등께로 쏟아져 내리는 따사로운 햇살 탓이었을까, 어느덧 눈꺼풀이 감기어 들고 있었다. 나 역시 아까부터 등에 나 있는 갈색 줄무늬들의 언저리가 따뜻해지면서, 아침에 일찌감치 일어났을 때 같은 기분이 드는 것이 마냥 졸리기만 하였다.

이 도시는 문득 걸음을 멈추고 길가에 나앉아 있을라치면 이상하게도 졸리는, 아니 졸리게 만드는 마력을 지니고 있었다. 숱한 이들에게는 그저 낯선 타향이자 잠시간 머물렀다 떠나가는 곳에 지나지 않건마는, 그러한 나그네들에게까지도 야릇한 평온과 쉼을 안겨 주는 도시였다.

하지만 오늘은 한가히 자고 있어서는 안 되었다. 아니, 오늘이야말로 깨어서 뭔가 할 일을, 빵을 손에 넣을 수 있는 방법을 모색하지 않으면 안 되었기에 나는 밀려드는 졸음을 떨치고 일어났다. 오늘의 식량이라고는 그나마 조금 전의 그 시미트가 전부였기 때문이다. 사실 언제까지나 집시 곰 아저씨에게 끼닛거리를 빌 순 없는 노릇이었다.

나 자신에게 그렇게 일러 주면서 갈라타 지구의 가파른 돌층계를 걸어 내려갔다. 돌과 벽돌을 쌓아 올려 지은

갈라타 다리와 쉴레마니에 자미(왼쪽 끝).

건물들이 양옆에서 들쭉날쭉 불거져 나와 있는 바람에 비끼는 아침 햇살을 온통으로 쪼이기는 어려웠다. 돌연 아스라한 저 비탈길 아래로 눈부시게 빛나는 푸른빛의 금각만(golden horn, 할리치)이 내려다보였다. 나는 기분이 한결 나아져서 걸음을 빨리했다.

금각만은 거대한 강물과도 같이 아침 햇빛 속에 잠잠히 누워 있었다. 늘 그렇듯 밀려오는 파도 한 점 없이 잔물결들만 온몸을 뒤덮은 채였다. 그리고 그 은빛의 물비늘 위로 어부들의 작은 배들이 점점이 떠가고 있었다.

왼녘에 보이는 갈라타 다리를 향하여, 나는 만을 끼고서 천천히 걸었다. 옅은 아침 안개마저 사라져 하늘은 그야말로 활짝 개어 있었다. 갈매기들이 내 머리 위를 잇따라 지나쳐 가더니 금각만 위를 활공했다. 예의 그 갈매기는 갈라타 탑 아래에서 아직도 자고 있으려나? 물고기는 질색이라니 살기가 여간 힘겹지 않으리라는 생각을 하면서 언제나없이 시끄러운 갈라타 다리 부근에 겨우 다다랐다.

빵빵히 들어찬 여행용 가방을 부둥켜안은 승객들이 인

근 부두에 가로댄 증기선에서 차례차례로 내리고 있었다. 아스트라한* 모자를 쓴 남자며 꾀죄죄한 군인용 외투를 걸친 턱수염이 더부룩이 나 있는 남자, 무도회라도 초대받은 양 장소에 어울리지 않는 옷차림을 한 부인, 또 은행가처럼 배가 불룩이 나온 남자는 방금까지 블리니* 에 얹은 캐비아를 먹으면서 샴페인이라도 비운 듯한 모습이랄까. 아니면 철갑상어의 등 비곗살을 넣은 피로그라도 잔뜩 집어먹은 탓일는지 모르겠다. 이제 막 항구를 떠나가는 배들의 고동 소리가 울려든다. 끼루룩끼루룩 울며 지저귀는 갈매기떼의 소리와 어우러져 항구는 한층 활기찬 분위기를 자아낸다. 증기선이 뿜어내는 검은 연기들이 시나브로 길게 뻗쳐 나가 건너편의 저 장대한 쉴레마니에 모스크* 마저 자우룩이 뒤덮어 버린다. 작은

---

* 아스트라한……카라쿨종의 갓 태어난 새끼나 아주 어린 양에게서 얻어내는 최고급 모피.
* 블리니……러시아식 크레이프.
* 쉴레마니에 모스크……쉴레이만 1세를 위해 세운 장대한 모스크. 금각만에서 바라다보는 실루엣은 이스탄불을 특징짓는 풍경으로 여겨지고 있다.

배를 부리는 어부들의 노호와도 같은 외침이 귓전을 때린다. 그렇더라도 싸움질하는 소리는 결코 아니리라. 터키어의 어미가 얼핏 시비하려 드는 듯한 말투처럼 느껴지는 탓일 터이다.

도회의 풍경들이 이렇듯 내 눈앞에서 생생히 전개되고 있었다. 하지만 지금의 나로서는, 지금의 내 처지로서는 그저 모든 것들이 얇은 베일 저 너머에 존재하고 있을 따름이었다. 어쩌면 터키의 여인들이 머리서부터 둘러쓰고서 어렴풋이 내다보는 세계와도 같이. 나 역시 거리로 나설 때에는 차라리 시트라도 머리께서부터 둘러쓰고 다니는 편이 좋을는지 모른다. 거리는 내가 싫어하는 인간 투성이였고, 누가 보더라도 나와 같은 망명 고양이는 이 거리에서 다소 이질적인 존재임이 분명했기 때문이다. 거리엔 망명 러시아인들로 북적거렸으나, 망명 고양이는 아직은 찾아보기 어려웠다. 그렇더라도 시트 위쪽으로 두 개의 귀 모양이 도드라져 있다면, 그야말로 호기심에 찬 시선들이 일제히 내게로 쏠릴는지도 모른다. 그래서 나는 시트를 둘러쓰지는 않기로 하고 그냥 그렇게 걸어갔다.

카라쾨이 큰부두에는 거대한 그리스 화물선이 가로대
어져 있고, 쿠르드인 같아 보이는 인부들이 밀 자루를 밖
으로 져 나르고 있었다. 그 화물선 옆으로는 프랑스의
순양함이 국기를 자랑스레 펄럭이며 득의양양하게 떠
있었다.

콘스탄티노플은 이제 유럽과 아메리카의 일개 식민지
에 지나지 않았다.

나는 갈라타 다리에 접어들어 에미노뉴 방면으로 발걸
음을 옮겼다. 왼녘으로는 광대히 펼쳐진 보스포루스 해
협 너머, 멀리 위스퀴다르*의 거리가 역광 속에 떠올라
있었다. 보스포루스 해협은 각양의 크고작은, 헤아릴 수
없이 많은 배들로 꽉 들어차 있다. 아니, 헤아릴 수 없을
만큼은 아니라 하더라도 줄잡아 5,60척은 족히 헤아려
볼 수 있을 듯했다. 이 숱한 배의 무리는, 크리미아에서
탈출한 이들의 실의와 불안과 고뇌를 실은 채 남동쪽의

* 위스퀴다르······이스탄불의 아시아 쪽 지구.

27

토프카피 궁 위에서 눈부시게 쏟아져 내리는 태양 빛을 오른쪽 뱃전 가득히 받으며 물 위에 저렇듯이 흔들거리면서 언제까지나 떠 있을 것만 같다.

또 오른녘으로는 지금은 볼품없어 보이는 금각만이 큰 강처럼 상류 쪽과 잇닿아 있다.

다리를 건너다니는 노면 전차와 짐마차들의 소음 속에, 당나귀 한 마리가 안절부절 어쩔 줄을 몰라 하며 애처로이 서 있었다.

"당나귀야, 무슨 일이라도 있었니?"

나는 조심스레 물었다.

"그게……. 그러니까 그게……. 내 짐바리가 홀연 사라져 버렸지 뭐야."

"짐바리라고, 얼마만한데?"

"이룬 짐수레 한 대 분량은 될 거야."

"그렇게나 큰 것이 없어졌단 말이야?"

"방금까지도 끌고 있었거들랑……."

울먹울먹하면서, 당나귀는 서글픈 낯빛으로 말하였다.

"짐받이에 뭐 대단한 물건이 실려 있었던 것도 아닌데 ……. 도둑맞을 만한 것도 없을뿐더러……."

"이상도 해라. 그런데 넌 어느쪽에서 오는 길이었어? 카라쾨이 쪽이야, 에미노뉴 쪽이야?"

"에미노뉴 쪽에서, 실케지 역* 쪽에서 왔어."

"그래? 그러면 오던 길로 함께 되돌아가 보자."

"아냐, 벌써 다녀왔어……. 아무리 찾아다녀 보아도 없던걸. ……. 이젠 다 소용없는 짓일 뿐……."

"아니지, 설령 그렇다 할지라도 한번 더 찾아보는 거야 뭐 어때. 내가 같이 가 줄게."

우리는 건너편 연해안 부근에 있는 에미노뉴를 향하여 걸었다. 커다란 짐을 등에 져 허리를 구부정히 굽힌 사람들과 두툼한 외투를 걸치고도 잔뜩 고개를 파묻은 터키 병사들이 우리 곁을 스쳐 지나갔다. 이따금씩 정부 고관인 듯한 인물을 태운 검은색 차가 지나쳐 가기도 했다. 뒤쪽 창으로 페즈*를 벗어 드러난 대머리가 언뜻 보일

* 실케지 역……오리엔트 급행의 시발역.

29

갈라타 다리의 카라쾨이 쪽에 선 당나귀와 나.
멀리 보이는 경치의 왼쪽부터 누르오스마니에 자미, 예니 자미,
바야짓 탑.

때도 있었다. 건너편께에 거의 다다랐을 즈음하여 당나귀가 문득 걸음을 멈추었다.

"여기서 발을 멈추고, 보스포루스에 떠 있는 배들을 헤아리고 있었지."

당나귀는 다리의 왼편으로 바짝 다가서 보였다. 아니, 발굽으로 가리켜 보였다.

"다리 위에서 배들의 수효를 헤아리는 걸 좋아하거든. 저것 봐, 오늘도 크리미아 쪽에서 많이들 왔지. 망명객을 싣고서."

"그래, 그러네. 그런데……."

"무엇을 헤아리거나, 머릿속으로 계산해 보는 게 좋아. 이를테면 이스탄불에 2천4백38개의 모스크가 있다고 해. 그 가운데서 이편, 그러니까 스탐불 쪽에 1천7백59개가 있다면 저편 페라 쪽에는 몇 개가 있을까?"

"그러니까……."

"그래, 6백79개야."

* 페즈……차양이 없는 원통 모양의 모자로서, 붉은 펠트직에 납작한 왕관 장식을 달고 길게 술을 내려뜨린 형태의 터키 모자.

"흠…… 6백79개라고?"

"지금 보스포루스에는 어림잡아 1백74척의 배들이 떠 있는데, 저쪽 금각만에는 89척밖에 보이지 않는군. 그것도 하나같이 작은 배들뿐이고."

암산에 뛰어난 당나귀가 실눈을 지으며 말했다.

"그러니까 여기서 배들의 숫자를 헤아리고 있을 적에는 짐수레가 있었다는 거지?"

내가 물었다.

"그래, 있었다……고 여겼더랬는데……."

"이상도 해라."

나는 같은 말을 또 한 차례 반복하고 말았다.

"그렇다면 도둑맞았다는 건가?"

"그런 것일 테지."

조금 야윈 듯한 당나귀의 어깨가 축 처졌다.

"아닐 거야, 한번 더 찬찬히 살펴보도록 하자."

"그래, 하지만 아무리 애써 보아도 소용없을걸."

당나귀는 암산을 해보일 때와는 정반대의 슬픈 눈빛을 하고서 뒤따랐다.

이리하여 우리는 갈라타 다리를 한 차례 더 훑었고, 또 다시 건너편 연해안의 에미노뉴로 건너갔다.

어느새 태양은 드높이 떠올라 있었고, 나는 허기진 배를 어떻게든 채워야 했으나 먹을거리도 돈도 없었다. 마침내 우리는 예니 자미* 앞의 에미노뉴 광장까지 나아갈 엄두가 나지 않아 한자리에 한참을 서 있었다.

"여간 낭패가 아닌걸. 그걸 찾지 못하면 영업을 할 수가 없는데⋯⋯."

"무슨 일을 하는 건데?"

"그냥 부탁한 짐들을 운반해 주는 일이지 뭐⋯⋯. 짐수레꾼인 거지."

"그렇다면 짐수레는 영업 도구겠네, 굉장히 중요한."

"그렇지. 그게 없으면 부탁한 물품들을 바자르며 섬유 도매상이며 가구상, 창호재 가게, 철물점 등⋯⋯ 그리고 ⋯⋯ 어쨌든 그러한 물품들의 운반비를 벌 수 있는 일감을 맡지 못하게 되는 거야. 그렇게 되면 먹고 살아갈 일

* 예니 자미⋯⋯페라(신시가)에서 갈라타 다리를 건너면, 눈앞에 곧장 펼쳐져 있는 근사한 자미(모스크).

이 걱정인 거지, 이제부터……."

나와 가련한 신세의 당나귀는 아무런 목적도 없이 예니 자미 앞을 가로질러 이집션 바자르* 옆에 있는 꽃 시장께로 다가갔다. 이러한 시국 따위에는 아랑곳하지 않은 듯 몇몇 노점이 꽃들을 잔뜩 벌여 놓고 있었다. 겨울인데도 지중해에 연하여 있는 지방들에서 들어왔는지 의외로 풍성했다. 꽃들만이 아니라 오렌지까지도 손수레에 무더기무더기로 싣고서 팔러다녔다. 그리하여 이 오렌지 특유의 눈부신 주황빛과 피난민들이며 망명자들의 암회색 외투나 상의가 거리거리에서 선명한 대비를 이루고 있었다.

왼편 예니 자미의 돌층계에서는, 향유 장수가 지방에서 올라온 듯한 느낌이 드는 순박해 보이는 남자에게 터무니없이 높은 값으로 향유를 팔아넘기려 필사적인 노력을 기울이고 있었다.

우리는 모스크와 바자르 사이에 끼인 좁다란 광장의,

* 이집션 바자르……이집트를 거쳐 온 향신료를 취급하여 이러한 이름이 붙여졌다. 스파이스 바자르, 무슬 바자르라고도 불린다.

잎이란 잎은 죄다 떨어져 날리어 앙상스럽게 줄거리만
남은 나무 아래 서 있었다. 둘 다 달리 어떻게 할 방법이
나 수단도, 좋은 생각도 떠오르지 않았다.

그때였다.

"점쳐요~! 점치는 토끼예요~!"

하고 외치는 소리가 귓전을 울리고 지나갔다.

그리고 얼마 안 되어,

"점쳐요~! 예니의 점치는 토끼예요~!"

하는 소리가 또다시 들려왔다.

돌아보니, 왼편으로 기운 듯하게 심겨진 정원수들 너
머로 흰빛을 띤 토끼의 쫑긋 세운 두 귀 끝이 언뜻 눈에
들어왔다.

"아, 늘 이곳에 있는 점쟁이 토끼야."

하고, 당나귀도 뒤돌아서며 같은 방향으로 눈길을 향하
였다.

"나는 전혀 모르고 있었네. 저 점쟁이 토끼에게 짐수레
의 행방을 점쳐 보면 어떨까?"

나의 제안에 가련한 당나귀는 이내 고개를 흔들며,

"소용없는 짓이야. 외국인 관람객이나 시골에서 올라온 이들을 호려서 이끗을 취하는 것일 텐데, 우릴 상대해 주겠어."
라고 반박하였다.

"이 근방에 사는 이들은 절대로 점치러 오지 않을걸. 저런 토끼한테 누가 오겠어. 아무튼 무책임하게 지껄여 버릇하는 토끼에 지나지 않을 거야."

"하지만 시험해 보기 전에는 판단할 수 없는 거잖아."

나는 말이 채 끝나기가 무섭게 벌써 점쟁이 토끼 앞에 서 있었다.

"아니, 큰고양이 군! 무척 고민스러워 보이는걸. 보아하니 러시아 부근에서 흘러 들어온 모양이지?"

작은 의자에 앉아서 점쟁이 토끼가 수다스럽게 말을 붙여 왔다.

"놀라워요. 그걸 어떻게 알 수가 있죠?"

"점술가니까."

이 한 마디로 나는 점쟁이 토끼가 과연 뛰어난 능력을

갖추었으리라는 확신이 들었다.

"저, 그러니까 이 당나귀의 짐수레가 순식간에 사라져 버렸다지 뭐예요. 저…… 갈라타 다리 위에서. 그래서 그 즉시로 우리 둘이서 몇 차례나 둘러보았지만……."

나는 내처서 말해 버렸다.

"흠흠, 그때쯤 당나귀 군은 뭔가를 헤아리고 있지 않았 나?"

"굉장해요! 어떻게 그것을 안 거죠?"

나는 큰 소리로 반응했다.

"점술가니까."

점쟁이 토끼는 짐짓 천연덕스럽게 굴다가 한 마디 더 덧붙였다.

"그러니까 그 짐수레가 지금쯤 어디에 있는지를 물어 보려는 것 아닌가?"

토끼는 코를 벌룩거리면서 얼굴을 갸웃이 기울이고 있 다가——손님을 불러들일 때를 제외하고는 두 귀를 축 늘어뜨리고 있었는데——이 무렵 처음으로 한쪽 귀를 곧추세웠다.

내가 대답의 말을 하기도 전에, 토끼는 벌써부터 무슨 글인가를 꾸깃꾸깃한 종이 나부랭이에 써나가기 시작했다. 땅바닥에 놓여 있는 잉크병에 간간이 펜을 찍어 가면서, 한번도 본 적 없는 문자들을 나열하듯 채워 나갔다. 그것은 한결같이 불가사의한 무슨 암호와도 같은 글자 꼴처럼 보였다.

"토끼님은 어디서 왔나요?"

토끼의 능숙한 손놀림을 눈여겨보면서 내가 물었다.

"에르주룸의 변두리께에 있는 아르메니아인 마을에서 왔지."

어쩌면 대답일랑은 돌아오지 않을는지도 모르겠다고 지레짐작했던 나의 예상은 간단스레 빗나갔다.

"그 문자는 고대 아르메니아어인가요?"

"아니 그보다도 더 오래전 것이란다. 아주 오랜 옛날의……."

토끼는 이렇게 말하면서 글을 끝맺었다.

"자, 이거야."

하더니, 점쟁이 토끼가 예의 꾸깃꾸깃한 종이 나부랭이

를 나에게 디밀었다.

"아, 네…?"

나는 얼떨결에 받아들긴 하였으나, 읽어낼 리 만무하였다.

"1쿠루슈 은화만 내려무나."

"예? 아, ……그렇게까지나요…?"

"액수가 너무 많아서 그래? 그럼 1파라만 내도록 해."

"에에…… 아, 예…….."

하면서, 나는 본디부터 존재하지 않은 주머니를 찾는 시늉을 해대었다.

"이거 야단났네요. 가진 돈이라고는 전혀 없는데 말이에요."

나는 솔직하게 용서를 구하지 않을 수 없었다.

그러자 아까부터 잠잠히 곁에 서 있기만 하던 당나귀가 어깨에 걸쳐 멘 가방에서 경화 하나를 꺼내더니 "자, 이것으로" 하며 대신 건네었다.

"사실 동물들에게까지 이런 걸 받고 싶진 않는데 말이야."

점쟁이 토끼는 이렇게 말하면서 건네받은 경화를 바닥에 놓인 작은 나무 저금통같이 생긴 것에 쨍그랑 소리나게 떨어뜨렸다.

"저, 그런데 여기에 뭐라고 쓰여 있는 거지요?"

"아하, 읽을 수가 없겠구나. 그렇다면 읽어 주어야지."

그렇게 할 양이면 처음부터 말로 전하여 줄 것이지 하고 내심으로 생각하고 있는데,

"역시 점사(占辭)는 말이야, 이렇게 문서로 남겨두는 게 좋아. 기록을 길이길이 간직할 수가 있을 테니까. 그래, 요컨대 점이 얼마나 실제와 꼭 맞아떨어졌는지를 확인할 수 있는 증거가 되기도 해. 점에 어지간히 자신 있는 이가 아니라면 이렇게 할 수 없는 노릇이지."

하고, 나의 의중을 간파하고 있다는 듯이 토끼가 말하였다.

"그럼 읽어 나갈게. ⸎⸎⸎⸎⸎ ⸎⸎⸎⸎ ⸎⸎⸎⸎ ⸎⸎⸎⸎ ⸎⸎……."

"잠시만 멈추어 봐요. 그렇게 애써 읽어 준다고 할지라도 의미를 깨치지 못하면……."

"그래? 그러고 보니 이해하기가 쉽지 않겠는걸. 그러면 해석을 해서 들려 줄게.──예니의 토끼가 친 점······ 벌룩벌룩. 저어,──암산에 뛰어난 당나귀 소유의 이륜 짐수레는 오늘, 곧 1920년 12월 5일중에 찾게 될 것이다. 다만, ······벌룩벌룩, 그것을 찾더라도 당나귀에게는 이미 필요 없는 물건이 되어 있을 것이다──."

점쟁이 토끼는 이따금씩 코를 벌룩벌룩해 가면서 자랑스레 읽어 나갔다.

"도무지 영문을 모르겠네."

당나귀가 혼잣말처럼 중얼거렸다.

"그러면 오늘중으로 찾게 된다는 이야기잖아!"

나는 명랑하게 소리쳤다.

"그렇다니까."

하면서, 토끼는 다시금 자신만만한 얼굴로 코를 벌룩벌룩할 셈이었다.

"그렇더라도, ──찾더라도 이미 필요 없는 물건이 되어 있다──는 말은 또 무슨 뜻이지요? 혹여 파손되어 있을지도 모른다는 건가요?"

내가 연이어 질문을 해대어서 코를 벌룩거릴 기회를
놓쳐 버린 토끼는 조금 언짢아하며,

"그야 알 수가 없지."
하고서 그저 짧게 답하고 말았다.

"아냐, 찾기만 한다면 그보다 더 좋은 일은 없을 거야.
여하튼 찾으면 좋잖아. 나중 일은 어떻게 될망정, 뭐 조
금 파손되었으면 어때."

당나귀는 아주 건강한 음성으로 나에게 말하였다.

우리는 점쟁이 토끼의 말을 믿어 의심치 않았기에 그
만큼이나 중요한 종이쪽을 꼭 쥐고서 감사의 뜻을 전한
뒤, 이집션 바자르로 들어섰다. 수십여 종을 헤아리는 향
신료들의 향취가 진동하는 바자르를 나는 무시로 재채기
를 해가며 걸어야만 했다.

"배고프지 않아?"
하고, 애처롭기 그지없는 당나귀가 내게 물어왔다.

"음, 아까부터 고팠어."

"어디 가서 뭘 좀 먹을까?"

"음, 그러고 싶지만, 아무튼 지금은 가진 돈이 없으니
······."

"괜찮아. 내가 살 테니까. 아니, 사양하지 말았으면 해.
덕분에 짐수레도 찾을 수가 있게 되었으니 말이야."

당나귀는 이제 곧 짐수레를 찾게 되리라는 확신에 차
있는 듯하였다.

이집션 바자르는 신기한 물품들로 꽉 차 있었다. 커
다란 자루에 담긴 후추며 고추·커민(cumin)·시나몬
(cinnamon) 등이 마치 튜브에서 비어져 나온 그림물감처
럼 가게 앞의 팔레트에 수북이 쌓여 있기도 했다. 아니
이 시장 전체가 거대한 캔버스처럼 오리엔트의 색채들로
메워져 있었다. 작다랗고 둥근 지붕들이 연이어 있는 천
장을 가끔씩 올려다보면서, 나는 당나귀와 나란히 바자
르의 중앙 통로를 걸어 나갔다.

"저 비누 도깨비같이 커다랗고 희어 보이는 덩어리는
뭐지?"

전부터 어쩌다가 눈에 띄던 것이었지만, 가게의 간판
이며 상품에 부착된 아라비아 문자에 서투른 터라 당나

귀에게 묻지 않을 수 없었다.

"아, 저것은 염소젖으로 만들어진 치즈야. 제법 짜."

우리는 작은 규모의 이 바자르를 빠져나가, 너저분한 도매상가에 발을 들여놓았다. 이번에는 커피콩 냄새가 주위를 감돌고 있었다.

당나귀는 혀로 코끝을 적시며, "향이 좋아" 하고 말하였다. 커피점 모퉁이에서 오른쪽으로 돌아 한참을 걸은 뒤에야 우리는 작은 식당 안으로 들어갔다.

산뜻한 식당에서 치킨 필래프와 포도나무 잎으로 싼 돌마를 대접 받았다.

"아니, 포도나무 잎은 못 먹겠어? 맛있는데."

내가 포도나무 잎을 반쯤 남긴 채 속에 든 것만 먹고 있는 걸 당나귀가 보고 말았다.

"아냐, 꺼리는 건 아니고, 아무래도 먹어 본 적이 없는 것이라서……."

"그래? 저쪽에서는 무얼 먹고 지냈는데?"

"그야 여러 가지지……. 생선 수프(우하), 캐비지 수프(시치), 물론 보르시치(borshch)도, 아 참, 빨간 순무는 요리에 쓰이지 않나 봐, 이쪽에서는?"

"샐러드에는 들어가는데, 달리 쓰이기도 하나?"

치킨 필래프는 단순한 요리였으나, 느끼하지 않고 산뜻한 것이 맛도 있었다.

"그건 그렇고, 지금 어디서 살고 있는 거야?"

당나귀가 식탁에 놓인 병에서 물을 따르며 물었다.

"갈라타 지구야. 오데사에서 여기까지 유랑의 길을 떠나온 베사라비아의 곰 집시 아저씨네에 얹혀살고 있어. 3층으로 지어진 목조 가옥인데, 길 쪽으로 튀어나온 3층께가 반쯤 부서져 있긴 해도 1,2층은 온전해. 그 1층에서 살아. 2층에는 이동중인, 여하튼 몹시 성가시게 구는 황새 몇 마리가 깃들여 살지. 요르단 지방으로 가는 도중이라나 봐. 추워, 추워하면서 요즈음에는 매일같이 방 안에만 틀어박혀 있던걸."

"그러면 인간은 살지 않나 보네."

"응, 다행히도. 그렇게까지 허물어져 가는 집에서 그 패들이 살아가기란 조금 곤란할 테지."

"아냐, 망명자랑 난민들로 들끓는 실케지 역의 대합실

곰 집시 아저씨의 집 부근에서.

등에는 아침부터 낮, 저녁까지 종일토록 만원을 이루는 걸. 상당수의 인간들이 거기서 살아가고 있다니까. 그런데도 인간들이 용하게 굴러들지 않는단 말이지?"

"아마도 곰 집시가 무서워서일 거야."

"곰 집시? 아, 집시 곰 아저씨 말이로구나."

"응, 모두들 집시라고 부르기에."

"혹시 친숙부인 거야? 아무리 그렇다고 하더라도 곰과 고양이가 친척이라는 건 어쩐지 좀~."

"아니아니, 내가 크리미아로부터의 탈출을 꾀해 지닌 것 없는 맨몸으로 화물선에 올라 카라쾨이의 부두에 내려선 뒤, 향방을 알지 못한 채 거리를 무작정 헤매고 다니다 갈라타 탑이 보이는 비탈길에 이르렀을 즈음엔 허기져 쓰러질 것만 같았는데, 어느덧 주위가 어두워 오는가 싶더니 나도 모르게 가물가물 잠 속으로 빠져 들어가 버린 거야. 길가의 돌층계 언저리에서 말이지. 그런데 때마침 그곳을 지나던 집시 아저씨가 내게 말을 붙이며 다가와 주었던 거야."

"감동적인 이야기로군."

당나귀는 혼잣소리처럼 중얼거리며 컵의 물을 들이마시고는 물끄러미 천장을 올려다보았다.

"그런데 언제까지 이 거리에 머물러 있을 거야? 파리라든가 베를린이라든가 하는 도시들에는 가지 않을 거야?"

"갈 만한 돈이 있을 리 없지. 게다가 본디부터 어디로 가리라는 정처가 있었던 것도 아니고 말이야. 여하튼 하루하루를 어떻게 먹고 살아가야 할는지조차 알 수 없는 처지이다 보니. 또 언제까지나 곰 아저씨께 폐를 끼칠 수도 없는 노릇이고. 정말이지, 여러 가지로 진 신세가 많거든."

"일을 찾고 있는 모양이로군."

"맞아, 그런데 고양이가 해낼 만한 일거리가 도무지 주어지지 않으니⋯⋯. 인간들이 고양이라고 업신여겨 처음부터 상대조차 않는걸. 하기는 인간 패거리들에게 부림을 받고 싶지도 않지만 말이야. 시건방진 소리 같을 테지만⋯⋯."

당나귀는 옅은 한숨을 내쉬면서,

"그것은 말이지, 나처럼 불쌍한 당나귀들 역시도 늘 생각해 왔던 바야……. 그렇더라도 하는 수 없는 일 아니겠어, 이 세상에서는 말이야. 이런 세태에서는 더더욱 그렇지 뭐. 하는 수 없잖아……. 비참한 전쟁*이 끝나려나 싶었더니, 이제는 또 케말 파샤의 조국 해방 전쟁이 시작되었으니 말이지. 인간들이란 정말 싸우기를 좋아하는 종족이야. 그럴지라도 이 도시에서 살아가자면 하는 수 없지 않겠어."

하고, 세 차례나 하는 수 없지 않느냐는 말을 되뇌었다.

그러다가 천장을 올려다보았는데, 애처러운 그 눈망울이 가뜩이나 안쓰러워 보였다.

"밀가루며 야채·생선 따위가 한가득히 실린 짐수레를 끌다 보면, 이것들이 페라* 일대의 고급 레스토랑에서

---

* 비참한 전쟁……제1차 세계대전에서 패배한 오스만 제국이 서구 열강에 의한 분할의 위기에 처하자, 무스타파 케말(아타튀르크)이 이에 대항하여 터키의 해방을 성공적으로 이끌었다. 무스타파는 훗날 터키 공화국을 수립, 초대 대통령이 된다.
* 페라……외국 공관이나 유럽풍 건축들이 즐비하게 들어선 지구. 식민지화를 꾀하려는 열강의 거점이기도 했다.

살찐 인간들의 밥통을 채우겠지 하는 생각이 차올라설랑
은 이대로 아나톨리아에라도 붙들려가 버렸으면 싶을
때가 있지. 저쪽 당나귀들은 물밖에 마시지 않는다더군.
그러고도 종일토록 혹사를 당한다니…… 종국에 가서
는 얼간이라고 매도하지를 않나! 나스레딘 호자*의 캐
리커처를 알고 있으려나? 우리는 기껏해야 그 정도의 영
광밖에 얻지 못할걸. 절반의 영광밖에는 말이야."

　호자가 타고 다닌 당나귀의 심중 또한 그와 같았으리
라고, 나는 묘하게도 깊은 마음으로 헤아려 생각할 수가
있을 듯하였다. 확실히 인간에게 있어서 동물은 그저 언
제든지 부릴 수 있는 편리한 도구에 지나지 않았다. 우리
동물들의 사정을 아무런 감정 없이, 또 무지하여 착취의
대상에 지나지 않는 것으로 여겨 왔을 터였다.

　"그래도 말이지, 언제까지나 푸념만 늘어놓고 있어서
는 아무짝에도 소용없을걸. 시대가 시대인 만큼. 터키의

* 나스레딘 호자……익살과 재치가 넘치는 해학적인
　이야기의 주인공으로 등장하는, 터키의 현자로 일컬
　어지는 이맘.

52

대다수 국민들 또한 생존할 수 있을지 어떨지 운명의 갈림길에 서 있을 게 뻔해. 아무튼 연합국에 점령당하고 말았으니 말이야. 앞으로 어떻게 전개될 것인지. 인간 패거리들과 마찬가지로 우리들 역시 내일 일을 알지 못하는 몸이니 말이야. 게다가 영업 도구마저 흔적도 없이 사라지고 말았으니……."

당나귀는 갑자기 무기력한 얼굴로 변해 갔다.

"염려 마, 오늘중으로 찾게 되리라고 점쟁이 토끼가 확언하였잖아! 틀림없이 찾을 수 있을 거야. 꽤 신통하게 알아맞히는 토끼로 정평이 나 있는 것 같으니. 그도 그럴 것이 내가 러시아에서 망명하여 온 거며, 또 당나귀 네가 숫자를 헤아리고 있었던 것까지 알아맞혔잖아. 게다가, 그래,──암산에 뛰어난 당나귀 소유의……──라고 하잖았어. 이러한 일들을 직감력으로 척 알아맞히다니 그저 놀라울 따름이지 뭐야. 역시 대단해."

"으음, 글쎄. 그렇긴 하지만 적어도 네가 러시아에서 망명하여 온 고양이라는 건 누구라도 금세 알 수 있을걸. 그럴 수밖에 없는 것이 이 부근 일대의 고양이들과는 생김새부터가 상당히 다르니까 말이야. 게다가 내가 배들의 숫자를 헤아리고 있는 걸 어딘가에서 보았을는지도 알 수 없지 않겠어……."

당나귀는 몹시 비관하고 있었다.

"아냐, 반드시 찾아낼 수 있을 거야. 걱정 마. 내가 절대적으로 보장할게. 안심해."

나는 열심히 당나귀를 격려했다. 아니, 나에게는 정말로 어떤 확신 같은 것이 있었다. 그것은……, 그것은 고양이의 직감력 같은 것일는지도 몰랐다.

식당을 나선 우리는 금각만을 따라 나 있는 길로 접어들었다. 이 부근의 몇몇 부두에도 작다란 증기선들이 가로대어져 실린 짐들을 끊임없이 부리고 있었다. 안벽을 따라서는 작은 나룻배들이 줄줄이 매어져 있고, 붉은 페즈를 쓴 노잡이 사공들이 건너편 기슭을 향하여 크고 힘찬 목소리로 손님을 부르고 있기도 하였다.

"저, 갈라타 다리에 다시 한번 가보지 않을래? 부질없는 노릇일는지도 모르겠지만, 행여 무슨 실마리라도 찾을는지 알 수 없지 않겠어?"

하고, 나는 제안했다.

"음, 그래."

당나귀는 맥없이 응하였다. 이윽고 우리는 갈라타 다리 옆의 에미노뉴 광장을 향하여 터벅터벅 걸어 나갔다.

참으로 따사로운 겨울 한낮이었다.

금각만 너머로 보이는, 건너편 기슭에 즐비하게 늘어선 집들이 갈라타 탑의 꼭대기께에서는 푸른 하늘로 솟아오를 것만 같은 기세다. 그리고 이곳에서 바라다보자니, 갈라타 탑은 내가 시미트를 먹던 바로 아래께에서보다도 훨씬 멋들어지게 그 존재감을 드러내고 있었다.

예니 자미의 돌층계에 앉아서, 우리는 에미노뉴 광장을 응시하고 있었다. 많은 수의 비둘기들이 날개를 접은 채 머리를 위아래로 움직이는 특유의 고갯짓을 하며 돌아다녔다. 너덜너덜 해어진 외투를 걸친 노인이 비둘기들에게 먹이를 주었다. 그러다가 그마저도 이내 바닥을 보이자, 우리처럼 돌층계에 앉아 조용히 눈을 감고서는 실에 꿴 작은 구슬들을 손끝으로 하나씩 하나씩 헤아리듯 돌리면서 만져 나갔다.

광장은 경건한 권태와, 더욱이 생존을 위한 인간들의 욕망이 빚어내는 더할 나위 없는 활기가 공존하고 있었다.

앞쪽의 갈라타 다리는 연이어서 사람들을 뿜어내었다가 빨아들였다가 했다.

"앗! 저거다! 저거야. 저것이 내 짐수레란 말이야!"

당나귀가 황급한 목소리로 외쳤다.

보니 갈라타 다리의 끄트머리에 위치한 요금소 앞, 줄지어 늘어선 사람들 틈새를 당나귀 한 마리가 이륜 짐수레를 끌고서 이제 막 잔달음질쳐 빠져나가고 있었다.

다리를 벗어나 왼쪽으로 돌아드는 것이 실케지 역 방면으로 향하여 가는 듯했다.

"저것 봐, 짐받이에 커다란 주전자가 매달려 있잖아. 틀림없어! 분명코 내 짐수레야!"

"그렇다면 빨리 가서 되찾아야지! 가버리면 어떡해!"

우리는 벌써부터 자리에서 일어나 있었다. 하지만……

"아니야, 잠깐만 기다려 줘……"

하고서, 당나귀는 가만히 지켜보고만 있을 따름이었다.

나도 재차로 달리는 짐수레를 응시했다.

낡고 헐어서 보잘것없어 보이는 이륜 짐수레가 울퉁불퉁 팬 커다란 주전자를 매달고서 경쾌하게 내달리고 있었다. 짐받이에는 작게 꾸린 짐바리와 몇 개의 자루가 실렸다.

그런데 그 짐수레를 끄는 당나귀의 뒷발 한쪽이 절름거린다 싶어서, 좀더 주의 깊게 살펴보니 한쪽 눈조차 찌부러져 잘 볼 수가 없는 모양인 듯했다.

몸뚱이는 야윌 대로 야위어서 가슴뼈가 앙상히 드러나 있었다. 다만 몹시도 애처로운 그 겉모습과는 다르게 기쁨에 겨운 듯 얼굴빛은 아주 밝았다. 마치 이 일로 제 밥벌이는 하는 셈이니, 이제 굶주림에 시달리지 않을 수 있겠구나 싶은 표정이었다.

"서두르지 않으면 놓치고야 말겠어."

나는 한 차례 더 재촉했다.

그러나 당나귀는 "음, ……" 하며 말을 못하고서 우물대기만 하였다.

짐수레와 그것을 끄는 절름발이 당나귀는 아주 기뻐하

면서 우리의 시야로부터 그렇게 멀어져 갔다.

인간들의 혼잡스러움만이 그 자리에 여전하게 남았다.

우리는 붙박인 듯 돌층계 위에 그대로 서 있을 따름이었다.

그리고 어느 결엔가 많은 시간이 흘러가 버렸다. 겨울해는 짧기만 하였고, 벌써 저물녘의 아잔*이 우리의 등 뒤에 있는 미나레트에서 울려들었다.

사람들이 모스크 옆의 몸을 씻는 곳에서 손이며 발·얼굴 등을 정결히 하고서, 성원 안으로 들어가기 시작했다. 아잔은 그렇게 차츰차츰 군중을 유혹해 들였다. 마음 탓이었을까? 광장은 오랫동안 고요에 잠긴 듯했고, "알라, 아크바르(신은 위대하다)"라는 소리만이 모스크로부터 맑게 울려들고 있었다.

"점쟁이 토끼의 예언이 그대로 들어맞았어."

아까부터 광장 저편을 응시하고 있는 당나귀에게 내가

* 아잔……미나레트에서 공중 예배와 기도 시간을 알리는 소리. 하루에 다섯 번씩 낭랑히 울리어 들려온다.

58

말하였다.

"그래, 꼭 들어맞았어."

당나귀가 응수했다.

"그렇긴 한데, 이제부터 일을 어떻게 한다지? 짐수레가 없어져 버렸으니 말이야."

"음, 어떻게든 되겠지. 당나귀 한 마리쯤 말이야."

"그렇지 뭐. 어떻게든 될 거야. 고양이 한 마리도 역시나."

우리는 서로의 얼굴을 깊게 바라다보면서 미소를 머금었다.

겨울 거리에 황혼이 깃들어 가없는 적막감에 휩싸이기 전에 우리는 다리 옆에서 갈라섰다. 당나귀는 실케지 역 쪽으로, 나는 다리 건너의 갈라타 쪽으로.

다리 위에서, 나는 점쟁이 토끼로부터 건네받은 종이쪽을 다시 한번 펼쳐 보았다.

ㅈㅁ웡ㅅ ㅎㅈㅅㅌ ㅈㅅ웡ㅎㅌ ㅅㅎㅈㅅㅌ ㅎㅅ

......

그러다가 점쟁이 토끼의 발음을 흉내내어 읽어보았다.

"살리 우쉰 쉴른 르쉰, 에슈…… 에슈…?"

태양은 이미 장엄한 쉴레마니에 모스크 너머로 사라져 버리고 말았다.

구시가지에 해그림자가 푸르스름히 드리워졌다. 이윽고 갈라타 탑을 비추던 마지막 저녁 빛마저 사라졌을 무렵에야 나는 갈라타 다리를 뒤로 했다.

2

이튿날 집을 나서려 할 때, 곰 아저씨가 약간의 돈을 쥐어 주었다.

"이것으로 시미트라도 사먹으려무나. 야, 마음엘랑은 담아 두지 말고. 그냥 형식적인 춤에다가 탬버린 두세 번 울려 주면, 구경꾼들이 즐거워하면서 경화를 던져 준단다. 그러니까 뭐 그리 대수로이 여기지도 말뿐더러."

나는 곰 아저씨에게 깊은 감사를 느끼며 집을 나섰다. 오늘이야말로 기필코 일을 찾아야만 했다.

기다란 막대기에 도넛 모양의 빵을 넉넉히 꿰어서는 "시미트, 시미트, 시미트" 하고 빠른 어조로 짧게 끊어 가며 외치는 시미트 장수에게서 당장에 시미트 하나를 살 요량이었다. 갓 구워 낸 시미트는 아주 맛깔스러울 터이

므로 언제나처럼 갈라타 탑 아래의 빈 터에서 먹기로 하였다.

나뒹그러진 두세 기의 석물(石物)들 가까이에 있는 돌 위에서, 나는 갈라타 탑을 올려다보며 시미트를 한입 베어 물 참이었다. 바로 그때 멀지 않은, 오른쪽으로 비스듬히 박혀 몹시도 기울어 보이는 석물의 꼭대기에 갈매기 한 마리가 춤추듯이 내려앉았다. 석물의 머리통은 터번을 본떠 만든 모양을 하고 있었다. 아무리 기울어져 가는 석물이라도 갈매기 한 마리의 무게로는 꿈쩍도 않았다.

갈매기는 파닥이던 날개를 접고서 나를 빤히 바라보았다.

"혹시 어제의 그 갈매기인 거야? 저…… 물고기는 달갑잖다던……."

"응, 맞아, 그래. 어제는 고마웠어."

"어?"

"빵을 주어서."

"아, 그랬었지. 하지만 굳어서 퍼석거리기만 하였는 걸. 이것은 방금 산 거라서 아마 맛이 좋을 거야."

나는 이렇게 말하면서, 반으로 가른 시미트를 갈매기 에게 건넸다.

"야, 고마워! 이렇게까지 헤아려 주어서. 그렇잖아도 먹을거리가 없어서 배가 몹시도 고팠는걸. 글쎄, 어제도 그 뒤로는 통 먹이를 구하지 못했다니까."

"그래? 마르마라 해에는 물고기가 많이 잡힌다던데, 그런 물고기들을 먹지 않는다니 정말 큰일이야."

갈매기는 어지간히 배가 고팠던 모양인지, 둘로 똑같 이 나눈 시미트를 순식간에 먹어치웠다.

"저, 괜찮다면 이것도……."

나는 남은 반쪽을 갈매기에게 마저 건넸다.

"아냐, 그러면 고양이 네 몫이 없어져 버리잖아. 난 이 것으로 족해."

하며, 갈매기는 사양했다.

"나는 또 사면 되니까 괜찮아. 사양 말고 먹어."

"그래? 고마워, 이렇게 친절을 베풀어 주어서."

갈매기는 맛있다는 듯 부리를 옴짝거리며 남김없이 먹어치웠다. 그러더니 눈을 감고서 석물 위에 선 채로 슬며시 잠에 빠져들고 있었다.

'먹이를 찾아다니느라 제 딴에는 몹시도 지쳤나 보다'고 나는 생각했다.

하늘은 갑작스레 돌변하여 어제와는 사뭇 다르게 흐려 있었다. 기온은 그다지 낮지 않은 듯하였으나, 햇볕이 들지 않아서인지 오스스하니 춥게만 느껴졌다. 갈라타 탑은 축축이 습기가 밴 옷이라도 걸친 양 희미한 물안개 같은 것이 주위를 감돌고 있었다.

비탈길을 걸어 내려가자니, 집들 사이로 언뜻언뜻 내다보이는 금각만은 온통 안개였다.

살렙* 장수가 물을 끓일 수 있는 휴대용 주전자를 걸머지고서 "살렙, 살렙" 외치며 네거리를 가로지르고 있었다. 따뜻하고도 달콤한 그 살렙 한잔이 간절했으나, 이제는 돈조차 남아 있지 않았다. 군데군데 떨어져 나간 돌들

* 살렙⋯⋯난과 식물의 구근 가루를 약간의 향을 가미하여 뜨거운 우유에 타서 마시는 음료.

때문에 돌너덜길을 내려가면서는 그 아래 깔린 모래흙 속으로 발을 빠뜨리기 일쑤였다. 시간이 일러서인지 인기척이라고는 느껴지지 않았지만, 길 위 공중을 가로질러 3층과 3층 사이에 매어 놓은 줄에는 어제부터 세탁물들이 말없이 늘어뜨려져 있고는 했다.

금각만의 연해변에 서 있는데도 안개가 너무 짙어서 건너편 기슭조차 분간하기 어려웠다. 고기잡이배들은 별도리 없이 서로에게 붙들어 매인 채 일렁이는 잔물결에 그저 그렇게 몸을 내맡기고 있었다. 이 안개에 경고 신호라도 보내듯 돌연히 무적 소리가 울려들었으나, 그마저도 두세 차례로 그치고 말아 만 전체가 깊은 한숨과도 같은 침묵의 지배를 받고 있는 듯하였다.

눈을 감고서, 나는 이 안개 속으로 살며시 잠겨 들어갔다. 시간이 얼마나 흘렀을까, 초원을 자우룩이 감싼 아침 안개가 눈에 어린다. 자작나무 세 그루가 오른편에 서 있고, 부근 일대는 짙은 초록빛을 띤 풀밭들로 연이어져 있다. 풀들이 정겨운 바람결에 번갈아 너울거리고, 바람의 길은 안개의 길이 되어간다. 초원 저편은 영원에 이르러 있는 양하다. 감응하듯 그러한 광경이 내 눈에 선하다. 그것은 결코 생각해 낸 적이 없는, 이해를 요하는 그 무엇이 아니다. 나무들의 잎잎이 가느다랗게 떨린다. 나무들의 줄기줄기마다가 함초롬히 젖어 있다. 일렁이는 푸른 나뭇잎들의 잔물결이 마치 파문처럼 내 발치에서 초원 저편으로 퍼져 나간다. 끝 간 데 없이, 차례차례로.

대체 시간이 얼마나 흘러가 버린 걸까?

어느덧 안개는 아련한 분홍빛을 띠었고, 환한 하늘빛이 그 안개 너머에서 얼굴을 내비쳤다. 부지중에 나는 고개를 뒤로 젖히고 아름다운 하늘빛을 올려다보았다.

돌연히 모스크의 미나레트가 눈에 들어왔다.

하나가 아니라 두 개의 미나레트를 갖춘 반구형 돔의 실루엣이 어렴풋이 떠오르고 있었다. 그리고 또 다른 미나레트와 더불어 돔의 상부가 하나, 둘, 셋, 모습을 드러내기 시작했다.

나는 유리하는 여행자처럼 평온함을 느끼고 있었다. 갈매기가 눈앞을 나직이 활공하는가 싶더니, 아직 남아 있는 아침 안개 속으로 사라져 갔다. 다음 갈매기는 하늘 높이 떠오르더니, 건너편께에 드러난 쉴레마니에 모스크를 스쳐 지나갔다. 남동쪽에서 비껴드는 상오의 양광이 금각만에 한가득히 담기었고, 역광 속에서 무언가가 하나씩 하나씩 도드라졌다. 소방망루인 바야짓 탑,* 그것과 마주치면 언제나 기묘한 불안감이 엄습하는 웅장한 바로크 양식의 누르오스마니에 모스크,* 그리고 쉴레마니에 아래쪽에 다소곳이 서 있는 뤼스템 파샤 자미.* 지금 눈앞에 전개되고 있는 콘스탄티노플은 인간들에 의해 구축되고 또 버림받는, 수 세기에 걸친 시간의 정체 속에서 그 기나긴 생애의 막바지에 조금씩 다가가고 있었다.

그러나 이 거대한 역사의 잔해 아래, 거의 밀려난 채 묻

---

* 바야짓 탑……1828년, 화재를 감시할 목적으로 설치한 높이 50미터의 탑.
* 누르오스마니에(오스만의 빛) 모스크……그랜드 바자르의 동편에 인접해 있는 오스만 바로크 양식의 모스크.
* 뤼스템 파샤 자미……아름다운 이즈니크 타일로 장식된 단아한 모스크.

혀 있는 후미진 도시 언저리에서는 여전히 은밀한 호흡
이 되풀이되고 있음을 나는 느끼지 않을 수가 없었다.

　갈라타 다리를 건널 즈음하여 안개는 말갛게 걷혀 있
었다. 나는 언제나처럼 소란하고 번잡한 거리를 헤매고
다녔다. 잠시 어제의 당나귀를 찾아보았으나, 이따금 지
나쳐 가는 짐수레들을 끄는 것은 하나같이 씩씩해 보이
는 다부진 몸매의 말들뿐이었다. 다리를 떠돌다 마침내
요금소 부근에 이르렀을 때 반대편에 당나귀 한 마리가
있는 것을 보았으나, 내 곁을 앞질러서 내달리는 에디르
네문행 노면 전차에 가리어져서 보이지 않더니 금세 혼
잡함 속으로 사라져 버리고 없었다.
　에미노뉴 광장에는 적선을 구하는 걸인들이 늘어서 있
기도 하고, 또 정처 없이 떠도는 망명객인 듯한 남자가
예니 자미의 돌층계에 혼자서 멀거니 주저앉아 있기도
하였다. 그리고 그 앞을 페즈를 쓴 터키인들이 총총히 가
로질러 갔다. 광장 여기저기서 도무지 쓸모가 있을 것 같
지 않은 너절한 잡동사니를 파는 사람들도 있었다. 나도

어제와 같이 돌층계에 앉아서 광장을 멍청히 바라다보고 있었다.

한참 뒤, 바느질 솜씨가 좋아서 고급스러워 보이긴 하지만 꽤나 더럽혀진 외투와 후줄근하게 낡은 펠트 중절모를 쓴 신사가 가까이 다가왔다. 오랜 여행 끝에 이제는 향방을 잃고 표류하는 신세임을 누구라도 한눈에 알아볼 수 있을 만큼 남루한 행색이었다. 이 시대가 헐거워진 외투를 걸치고서, 피할 길 없는 운명을 충실히 받아들이고 있는 것과도 같이.

"고양이 군, 이 회중시계를 사지 않겠나?"

"아아뇨, 시계 따윈 필요치 않는걸요. 넣어둘 만한 호주머니도 없을뿐더러……."

"그렇군. ……아무려면, ……고양이가 시계를, ……필요로 할 리가 있겠나."

남자는 자조적인 말들을 내뱉으며 시계를 꽉 쥐고는 핏기 없는 핼쑥한 얼굴을 세워진 외투 깃 사이에 묻고, 비둘기들을 쫓으면서 광장 저편으로 멀어져 갔다.

남자가 떠나가자 비둘기들이 곧장 돌아와서는, 여느

때와 같이 날개를 접은 채 머리를 앞뒤로 바삐 움직이면서 먹이를 찾아나서기 시작했다. 먹이는 어디에도 눈에 띄지 않았다. 비둘기들은 하는 수 없이 모래알이며 작은 돌멩이들을 콕콕 쪼아대다가 인근처로 날아들 가버렸다. 광장 한가운데에 손님도 없이 홀로 서서 비둘기 먹이를 파는 노인은, 먼눈으로 지켜보고 있자니 아주 작은 입상(立像)처럼 헐렁해 보이는 외투 속에 몸을 감춘 채 미동조차 하지 않았다.

갈라타 다리 쪽의 광장은 바쁘게 오가는 사람들과 노면 전차며 마차·짐수레 등으로 시끌벅적거렸으나, 이곳, 그러니까 예니 자미의 앞쪽은 걸인들과 향유 장수며 묵주 장수, 또 신앙심은 있지만 삶의 목적이 없는 이들과 비둘기 먹이를 파는 장사치들이 저마다의 신성한 공간을 차지하고들 있었다. 이윽고 정오의 기도 시간을 알리는 아잔이 울려 퍼지자, 그 작은 공간들은 서로 이어져 하나로 맞닿아서 광장 전체를 뒤덮었다. 거리거리에서 사람들이 모여들어 광장은 한층 더 활기에 넘쳤다. 걸인들은 적선을 구하고, 향유 장수는 터무니없이 높은 값으로 재

스민을 팔며, 묵주 장수는 거만한 몸짓에 마치 이맘처럼 명령적인 어조로 선량해 보이는 이들에게 묵주를 팔아넘겼다. 청맹과니 걸인은 눈을 빤히 뜬 채로 돈을 구걸하면서, 이따금 먼지투성이 외투 주머니에 떨리는 손을 찔러 넣어 손가락으로 그 경화들을 헤아려 보고는 했다. 망명객은 예의 그 얼빠진 눈길로 그저 이들 광경을 바라다보고만 있었을 따름이다. 그리고 나는, ……나는 예배자들의 무리를 피하여 돌층계에서 일어나지 않을 수 없었다.

모스크의 돌층계에서 내쫓기니, 어제처럼 이집션 바자르와 예니 자미 사이의 자그마한 꽃 시장이 나타났다. 그리고 그곳의 정원수들 너머로 두 귀 끝이 쫑긋이 도드라져 있었다.

"점치는 토끼예요~! 예니의 점이에요~!"

토끼의 목소리가 멀리서 들려왔다.

귀 끝의 방향이 시시로 바뀌는 것이 아무래도 주변의 낌새를, 이를테면 손님이 가까이 다가오고 있는지를 탐지하려는 듯해 보였다. 그러다가 이번에는 그 끝을 우그리어 귀로 손짓해 부르는 것 같은 시늉을 하였다.

"점치는 토끼예요~!"

나는 그만 그 귀에 현혹되고 말았다. 아니나 다를까, 정신이 들었을 때에는 이미 점쟁이 토끼 앞에 서 있었다. 하늘은 맑게 개어, 정오의 겨울 햇살이 우리를 따뜻이 감싸 주었다.

"아니, 러시아 고양이 군! 오늘도 고민스러운 모양인 걸."

"아아뇨, 오늘은 별다를 게 없는데요. 그냥 아무 생각 없이, 딱히 할 일도 없고 해설랑은……."

"소일거리도 없고 해서…… 어슬렁어슬렁 산책이나 하고 있다는 얘긴가."

"네, 말하자면, 그렇지만 산책할 정도로 여유롭지는 않아요. 여하튼 우선은 뭔가 일거리를 찾아야 하는데……."

"으흠, 하지만 이 근방에서는 고양이에게 일거리를 주진 않을걸. 아 그렇지……, 그렇다면 차라리 점치는 일을 돕는 건 어때?"

"점치는 일을 돕는다면, 요컨대 점술가 토끼님의 일을 거드는 건가요?"

"아, 그럴 테지."

"아무래도 점치는 일을 도울 순 없을 것 같아요. 나에게 그만한 능력이 없는걸요."

"아니아니, 점을 치라는 이야기가 아니야. 그러니까 요는 거기에 그렇게 서서 손님인 양하거나, 점쳐요~, 예니의 점치는 토끼예요~ 하면서 손님을 불러들이라는 거지."

"점치는 데 구태여 손님을 부를 필요가 있나요?"

"응. 아냐, 실은 바로 이즈음까지 함께했던 일벗이 있었어. 그편이 뭐랄까, 권위가 선다고 해야 하려나. 그러니까 이를테면 나는 이 의자에 묵묵히 앉아 있다가 손님이 오면 점괘에 나타난 말이나 써주고, 그것을 일벗이 소리내어 읽어 주는 거야. 그리고 손님의 질문에 따라 그때그때 상황에 맞추어서 이렇게 고개를 끄덕이거나, 머리를 가로젓거나 하는 거지. 자잘한 것들은 일벗이 손님에게 설명해 주면 그만이야."

"그렇다면 더더군다나 할 수가 없지요. 그럴 수밖에 없는 것이 나는 점술가 토끼님의 그 고대 아르메니아어도 읽지 못하거니와, 또 손님에게 설명한다는 것은…….”

“그렇군. 정히 그렇다면 손님을 부르는 것만으로도 괜찮아. 그밖에는 손님인 체하는 것 정도면 되고.”

“그, 일벗 역시 고양이였나요?”

“아냐, 토끼였어.”

“그래요?”

“응, 그래 어떻게 하려나? 해 볼 테야?”

“음…… 예.”

“아, 그러면 고양이 군의 몫은 수익금의 5분지 1로 하지.”

“음…… 예, 그것은 그다지…… 다만…….”

“아뿔싸! 그렇다면 4분지 1로 하면 되려나?”

“아니오, 내가 손님을 부를 수 있을지 어떨지…….”

“저 말이야, 바자르의 상인과 흥정을 벌이는 것도 아니니, 하는 수 없군. 그럼 3분지 1로 인상하지 뭐!”

“저, 아니오, 그런 것이 아니라…… 나는 남과 어울리기 싫어하는 성질을 지녔답니다, 애초부터.”

“무얼 그리 우물쩍주물쩍하고 있는 거야. 일거리를 찾

는다고 말하지 않았나? 분명히 말해 두건대, 요새 세상에 망명 고양이에게 일거리가 주어질 리는 만무해. 할 수 없지 뭐, 모든 동물은 평등하니 몫을 반반으로 나누자. 자, 이러면 된 거지? 이마저도 불만스럽다면, 군은 이제부터 평생토록 예니의 '욕심꾸러기 고양이'라고 일컬릴 걸. 자, 그러면 지금 당장부터 함께 시작해 볼까나?"

점쟁이 토끼가 지체 없이 내가 해야 할 일을 결정하여 버렸을 때, 마침 오후의 기도 시간을 알리는 아잔이 근거리에 울려 퍼졌다.

"어이쿠, 또 아잔인가! 그럭저럭하다가 점심을 거르고 말았으니, 뭐라도 먹으러 가 봐야지. 같이 가지 않을래?"

점쟁이 토끼는 바닥에 놓여 있던 돈을 넣어두는 나무 상자를 가지고서 냉큼 앞서 걸어 나갔다.

"점술가 토끼님은 무슬림이 아니로군요."

"그래, 아니야."

"그럼 아르메니아 정교도인가요?"

"아니, 음, 말하자면. 고양이 군은 러시아 정교도인가?"

"아아뇨, 나는 무신론자예요."

"저 말이지, 여기서는 말이야, 절대로 그렇게 말하면 안 돼. 이 도시의 생각이 완고한 무슬림 늙은이들은 말이야, 이슬람교도 밑에 그리스도교도와 유대교도, 그 밑에 불교도가 위치하는 것으로 여기고 있거든. 무신론자 따위는 벌레와 다를 바 없는 인간 이하로 취급해 버린다니까. 제아무리 종교가 싫더라도 여하튼 어떤 신이건 믿고 있는 것처럼 해야 해. 이를테면 러시아 신비주의 대고양이교의 일파라고 적당히 둘러댄다거나. 그래도 위험스러우려나?"

"그런 종교도 있나요?"

"없지, 그냥 예를 든 것뿐이야."

라고 말하며, 점쟁이 토끼는 정면에서 낮게 비치는 겨울 햇빛에 눈이 부신 듯 눈꺼풀을 깜박깜박했다.

이 부근은 2층이나 3층부터 벽면보다 밖으로 튀어나오도록 지어진 목조 가옥들이 즐비하게 늘어서 있었다. 오르내리창들은 하나같이 꼭꼭 닫혀 있었고, 유리에 햇빛이 반사되어 내부 또한 들여다보이지 않았다. 여기저기서 마주치는 벽돌담 위며, 마모되어 둥그스름한 느낌마저 드는 판자를 덧댄 출입구 계단 등에서 토박이 고양이들이 햇빛을 쬐며 앉아들 있었다.

우리는 언제 끝날지 모를 물매가 완만한 비탈진 길을 오르고 있었다. 점쟁이 토끼의 걸음발이 무척이나 빨라서 나는 필사적으로 쫓아가야 했다. 그러나 내가 간신히 따라붙는 것 따위에는 아랑곳하지 않은 채 점쟁이 토끼는 다시금 깡충깡충 앞서서 뛰어가 버렸다. 그에게 있어서는 고작 한 걸음에, 아니 한 번 뛰는 데 지나지 않을는지도 모를 터이지만, 한 걸음 한 걸음 내딛는 내 걸음걸이에 얼마간이라도 보조를 맞추어 주면 안 되나 싶어서 나는 내심으로 불만감을 품고 있었다.

"어이, 고양이 군! 그런 데서 생각에 빠져 있지만 말고 어서 올라와. 이 식당에 들어갈 테니까."

점쟁이 토끼가 위쪽 비탈길에서 큰 소리로 다그쳤다.

"아아뇨, 생각에 빠져 있다니오……, 그런 게……, 아니랍니……다. 그냥, ……잠깐 숨을 돌리느라고……."

앞쪽에서 기다리는 점쟁이 토끼의 등 너머로 바야짓 탑이 드러나 보였다. 길 양옆으로는 직물을 취급하는 도

숱하게 나타나는 뒷골목들은
하나하나의 추억으로 자리하기에는 너무나도 번잡했다.

매상들이며 상점들이 늘어서 있었다.

그러니까 나는 구시가지의 한복판에 있는 것이었다. 납작한 돌들이 깔린 이 좁다란 비탈길 위에서 나는 문득 서러움이 복받쳐 올랐다.

그것은 도시 곳곳에서 누차 엄습해 왔던 감정이었다. 무수한 발걸음들이 누볐을 옛길을 발길 나서는 대로 지향 없이 돌아다니노라니, 구시가지 쪽이든 신시가지 쪽이든 곳곳의 비탈길들은 약간 높은 언덕에 이르러 있었다. 그 비탈길들을 걸을 때에도, 길 끄트머리의 십자로에서 왼편이나 오른편으로 굽이돌 때에도. 바자르를 빠져나가 대상(隊商)들이 머물던 숙소 터를 떠돌아다닐 때에도, 어스레히 보이는 모스크의 담장을 따라 황혼이 드리운 거리를 걸을 때에도. 그런데 이 흙먼지투성이의 길 위에서 어찌할 바를 모른 채 내내 망연스레 서 있으려니, 비애에 젖은 잿빛 날개가 내 가슴을 후려쳤다. 나는 대체 어디로 가려는가? 두 발을 디디고 서 있는 이 길은 난생처음으로 와 본 미지의 길이다. 정처 없는 이 길 위에서, 나는 지난 한 해 동안 이곳저곳에 방기해 온 삶이 그저 가엾게만 느껴졌다. 그와 동시에 오래되어 허름하고 너저분한 길거리에 깔린 납작한 돌들과, 그 틈새기를 메운 진흙이며 모래가 내게는 몹시도 정겹기만 했다.

　나는 손을 펴 길바닥을 쓰다듬듯 어루만져 보았다. ……감촉이 차갑지는 않았다. 소박한 식당 안엔 우리 외에 다른 손님이라고는 없었다. 필시 어중간한 시각이었을 테지만.

　자리에 앉자, 안쪽에서 내키지 않아 하는 얼굴을 하고 까치 웨이터가 나왔다.

　"초반 살라타스(양치기 샐러드) 두 개에다 물이오."

　점쟁이 토끼가 주문을 하자, 까치가 안에서 유리컵 두 개를 가지고 나와서는 식탁에 놓인 미네랄 워터의 마개를 따주었다. 까치는 시종 무표정이었으나, 그래도 주문 내용을 종이에 기입할 때나 병마개를 딸 때에는 눈을 깜작깜작 떴다 감았다 했다.

　물이 시원스레 목구멍을 지나갔다. 나는 왠지 모르게 조금 안심이 되었다. 까치가 다시 눈을 깜작깜작하면서 샐러드 두 접시를 식탁에 두고 갔다. 토끼는 포크를 능숙히 다루어 가며 곧장 먹기 시작했다.

"여기는 말이지, 동물 손님이 의외로 많이 드나드는 가게야. 그러니 아무 염려 마."

"음…예……."

나는 조금 불길한 예감이 들었다.

"어? 먹지 않을 거야?"

"음…예, ……그 반지레한 것은, ……뭐죠?"

"응? 뭐? 아, 이것 말이야. 이거, 양파야. 왜 그러는데?"

"아, 역시."

"역시라니, 양파 말이야?"

"네, 그래요. 못 먹거든요. 고양잇과는……."

"아뿔싸! 그렇구나. 그럼, 그것은 내게 넘길래. 대신에 뭐 다른 걸 주문해 주면 되겠지?"

나는 메뉴가 얼른 떠오르지 않아서 어제 당나귀에게 대접 받은 치킨 필래프를 주문했다. 까치는 왠지 달갑지 않은 얼굴을 하고서 계산서에 연필로 덧붙이어 적더니,

냉큼 안으로 들어가 버렸다. 이곳의 치킨 필래프도 어제 먹었던 맛과 매우 흡사했다. 점쟁이 토끼는 샐러드를 두 접시나 먹어치우고는 물까지 달게 마셨다.

"저, 조금 전의 그 점치는 일을 돕는 것 말인데요……."

"음."

"정말로 옆에 서 있기만 하면 되나요?"

"응, 그래. 손님들을 불러들이거나, 설명해 주는 게 다라고 할 수 있지."

"아뇨, 그 설명이……."

"음, 그러니까 글자를 읽기가 다소 곤란스러울 경우에는 내가 귀엣말로 일러 줄 테니, 손님에게 그대로 전달하기만 하면 되는 거야. 간단한 일이지, 뭐."

"그러다가 손님이 질문이라도 해오면 무어라고 답변을 해야잖아요?"

"그렇지. 그때도 역시 나에게 귀엣말로 물어오면 답변을 넌지시 일러 줄게. 우리 서로 귀가 쫑긋해서 다행이지 뭐야. 귀가 축 늘어진 개였더라면 어떻게 해볼 도리가 없었을 텐데 말이지, 제아무리 크더라도."

"네? 음…… 예, 정말 그렇겠군요."

"자, 슬슬 일이나 하러 가볼까" 하고서, 점쟁이 토끼는 까치에게 계산서를 가져오게 하더니 돈이 든 나무 상자의 측면 물림쇠를 올리고 자그마한 경첩이 딸린 문을 열었다. 그리고 안쪽으로 손을 들이밀어 경화 몇 개를 꺼내어서는 "자, 이건 자네 거야" 하며 팁까지 얹어 주었다.

까치 웨이터는 끝까지 표정을 바꾸지 않더니만, 쟁반 위에 경화를 얹은 채 가게 안으로 몸을 감추어 버렸다.

나는 다시금 예니 자미와 이집션 바자르 사이의 꽃 시장에 서 있었다.

"자, 이제 슬슬 시작해 볼까. 아주 크게 소리치지 않아도 괜찮아. '뭘 하는 거지, 저기서?' 하는 궁금증을 자아내어 마음이 야릇하게 흔들리는, 그런 어감으로 손님을 불러들이는 거야. 자, 말해 볼래."

나는 몹시 부끄러웠으나, 치킨 필래프까지 얻어먹은 터라 아무튼 자포자기하듯 목청을 높여 소리를 크게 냈다.

"점치는 토끼예요! 예니의 점치는 토-끼-랍니다!"

"저 말이야, 그렇게까지 힘주어 외치지 않아도 괜찮아. 좀더 멀리서 아련히 울려오는가 싶으면서도 가까운 어딘가에 있는 듯하게, 그렇게. 쓸쓸하고 허전한 마음에 스며들 듯이, 그리움이 사무치는 목소리로 불러 보는 거야. 점치는 토끼예요~. 예니의 점이랍니다아~ 하고 말이야."

"아, 네. 점치는 토끼예요~, 예니의 토끼랍니다아~."

"'점치는'이 빠졌는걸."

"아, 네, 예니의 점치는 토끼랍니다아~."

"그, 점이라는 것이……."

예기치 못한 사이, 내 옆쪽에서 한 노인이 불쑥 나타났다. 수염은 잿빛을 띤 흰색이었고, 관습을 따라 페즈를 쓰고 있었다. 울 코트는 그런대로 바느질 솜씨가 좋아 보였으며, 전체적으로 풍기는 인상은 연륜 깊은 상인의 풍모 그것이었다.

"아, 네. 무슨 연유인가요?"

"오래전부터 이곳에서 토끼 두 마리가 점치는 일을 하고 있다는 이야기는 소문으로 익히 들어 알고 있었지. 어쩐지 좀 수상쩍다 싶어서 시험삼아라도 점쳐 볼 마음일랑은 품지 않았더랬는데."

"예, 그러셨군요."

"그런데 오늘은 어떻게 된 건가? 토끼와 고양이가 짝을 이루고 있으니 말이야. 이거 불가사의한 일 아니겠나? 토끼와 고양이! 그건 그렇고, 그대는 고양이가 틀림없을 테지?"

"예, 그렇고말고요. 고양이랍니다."

"흠. 이 어른으로 말할 것 같으면, 옛부터 토끼보다는 고양이 쪽을 신용해 왔다고 할까. 아니, 진짜야, 농담이 아니라니까. 이 어른의 가게에도 오갈 데 없는 고양이 두세 마리 정도가 항상 식객으로 얹혀살고 있지. 뭐, 들락 날락해대긴 하지만서도. 늘 몇몇 고양이들이 몸을 부치고 있더라고. 토끼도 한 마리 돌보아 준 적이 있었는데, 한번도 인사말을 한다거나 답인사를 한 적이 없더군. 먹을 것을 주면 꽁무니를 이쪽으로 향하고서 먹잖아. 사랑스러운 구석이 전혀 없던걸. 그런데 고양이 군, 그대가 점을 치나?"

"아니오, 그 일은 점술가 토끼님께서 하십니다. 저는

조수랍니다."

"뭐야, 예전과 다름없이 토끼가 점을 친다는 거야, 이거 정말 실망인걸."

하고 말하면서 노인이 냉큼 자리를 뜨려고 하자, 나는 그만 엉겁결에

"그렇지만 이 토끼님께서는 정말이지 굉장한 능력을 지녔답니다. 어제도 당나귀님이 잃어버린 짐수레가 있는 곳을 정확히 일러 주었는걸요……."

하고서, 장삿속 없이 어제 겪었던 일의 자초지종을 노인에게 털어놓았다. 노인은 내 이야기를 듣고 나서 "흐음!" 하고 콧숨을 내쉬더니, 오랜 생각에 잠겨 말을 잃고 있었다. 이윽고

"이 어른은 말이야, 페라 대로* 의 이편 끄트머리 길모퉁이께에 엄청 유명한 과자 가게가 하나 있는데, 그 근처 골목에서 융단 가게를 경영하고 있지. 음, 그다지 목 좋은 장소라고는 할 수 없을 테지만. '갤러리 아후메트'라

* 페라 대로……당시 가장 현대적이었던 번화가. 지금의 이스티크랄 거리.

는 가게야. 아후메트는, 그러니까 이 어른의 이름이라고 해도 과언이 아닐 거야. 그런데 말이지, 요새 세상 같아서는 도무지 장래를 걱정하지 않을 수가 없지 뭐야. 전쟁은 그칠 줄 모르고, 싸구려 물건들에 기꺼이 많은 돈을 뿌리고 다니던 관광객들도 죄다 없어졌고, 아무튼 오스만의 위광마저도 땅에 떨어져 버리고 말았으니. 스위스나 영국으로 이주해 그쪽에서 가게를 열어 볼까, 아니면 차라리 이참에 가게를 정리해 버릴까, 여러모로 궁리를 거듭하고 있는데 좀처럼 결정이 나지 않아서 말이지. 저, 나이도 나이인 만큼. 어떻게 하면 좋으려나?"

하고서 점을 쳐 볼 기색을 보였다.

나는 재빨리 점쟁이 토끼에게 이 노인이 의뢰해 온 바를 귀엣말로 건넸다.

토끼는 물론 귀가 밝으니 노인의 이야기를 다 듣고 있었을 테지만, 짐짓 거드름스러운 태도로 도중에 한쪽 귀를 약간 우그리고서 고개를 갸웃이 기울인 채 다시 한번 내 이야기를 듣고 있었다. 그러더니 이내 잉크병에 펜을 찍어 가면서 꾸깃꾸깃한 종이에 알 수 없는 문자들을 긁

적굵적 써나가기 시작했다. 두 줄쯤 쓰고 나서, 내 귀 가까이에 입을 대고

"융단상 아후메트는 평생토록 쓰고도 남을 만큼의 재산을 모을 것이다."

하고 귀엣말로 소곤거렸다.

"융단상 아후메……."

하고 내가 종이를 들여다보며 소리내어 읽어 나가려고 했을 때, 점쟁이 토끼가 내 꼬리를 끌어당겼다. 그리고 아주 나지막한 목소리로

"예니의 토끼가 친 점——이라고 먼저 말하고 나서야, 벌룩벌룩."

하고 속살거렸다.

나는 다시 한번 고쳐 읽었다.

"예니의 토끼가 친 점. 벌룩, 벌룩. 융단상 아후메트는, 평생……, 평생토록 쓰고도 남을 만큼의 재산을…… 모을 것이다. 벌룩, 벌룩."

점쟁이 토끼가 또다시 내 꼬리를 잡아끌었다.

"이봐, 벌룩, 벌룩은 하지 말았어야지."

"뭐뭐, 평생토록 쓰고도 남을 정도의 재산이 수중에 들어온다고……. 그것참, 다행스러운 일일세. 그래, 언제쯤이면 그렇게 된다는 거지? 이 이스탄불에서 벌어들인다는 겐가? 아니면 다른 거리에서 가게를 열었을 때인가, 그도 아니면 외국에서? 그 점쟁이 토끼라든가 뭔가 하는 이에게 좀더 자세히 물어봐 주었으면 싶은데 말이야."

내가 점쟁이 토끼에게 융단상의 질문을 되뇌려 하자, 토끼가 먼저 고개를 가로저으면서, ──그것은 확실히 알 수 없노라──는 신호를 보냈다.

"그것까지는 알 수가 없답니다. 아무튼 평생토록 쓰고도 남을 만한 돈이 수중에 들어오리라는 것만……."

나는 미안쩍은 어조로 말했다.

"어쩐지 적절한 점괘로 속이는 듯한 기분이 드는걸. 또 그런 것인지도 모르고. 필경엔 길거리 점쟁이의 말에 지나지 않을 테지, 아니, 이거야 원! 나도 모르게 정신이 팔려 나잇값도 못하고 부끄럽군그래. 뭐, 좋은 신탁에다 불평을 늘어놓을 처지는 못되고, 여하튼 고마워."

노인은 투덜투덜 볼멘소리를 내면서 1쿠루슈 은화를

내게 쥐어 주고는 금세 혼잡함 속으로 사라져 버렸다.

"굉장한걸요, 은화예요."

나는 그것을 점쟁이 토끼에게 건넸다.

"이제 곧 풍족히 쓰고도 모자람이 없으리만큼 돈이 들어올 거라니까 좋을 테지."

점쟁이 토끼는 바닥에 놓인 나무 상자 속으로 은화를 쨍그랑 소리나게 떨어뜨렸다.

나는 점쟁이 토끼가 노인을 기쁘게 만들 요량으로 그저 그렇게 말하였을 거라고 여겼다. 게다가 이 정도의 일이라면 나도 토끼 못지않게 말할 수 있으리라고 생각했다. 약간 애매모호한 말로 상대에게 희망적인 메시지를 건넨다면, 누구라도 아까워하는 마음 없이 기꺼이 점쳐 준 값을 내놓지 않을까. 어쩌면 예상하였던 대로 점쟁이 토끼는 상술이 뛰어난 것일는지도 모른다. 그렇다면 어제의 당나귀 건은 수년 만에 한번 적중시킨 아주 드문 예외에 지나지 않는다는 말인가?

"무슨 생각을 하고 있는 거지? 오늘은 운수가 좋은 날인가 봐. 그러니 조금만 더 힘을 내자. 자, 손님을 불러 봐, 불러 보라고."

점쟁이 토끼는 나를 채근했다.

"점을 쳐 드립니다아~, 예니의 점치는 토끼랍니다아~."

"아, 바로 그거야."

"점치는 토끼랍니다아~, 예니의 명물 점입니다아~."

"아, 그래그래, 아주아주 좋아."

"점을 쳐 드립니다아~, 예니의 점치는……."

"야, 고양이와 토끼가 영업을 다 하고 있네. 이거야말로 콘스탄티노플다운걸! 사람도 동물도 다같이 걸어가지! 저마다의 인생을! 아니, 동물에게 인생이란 말은 마땅하지 않아. 그렇지 않나, 큰고양이 군? 인생이란 우리들, 고뇌하는 러시아인에게나 어울리는 말이지. 인생은 우리의 연인, 우리의 무덤에 흩날리는 자작나무의 누런 잎. 나는 내 인생을 사빈스키에 두고 왔지. 그 도시를 모른다고 말하지는 않을 터!"

우리를 덮친 난데없는 재난은 보드카 병을 틀어쥔, 술

기운이 잔뜩 오른 30대 중반의 러시아인이었다. 아니, 멋대로 자라도록 내버려둔 듯한 얼굴의 구레나룻이며 칠칠찮은 군용 외투와 상의, 때 묻은 셔츠의 소맷부리 따위를 본디의 모습으로 되돌린다면 20대 중반의 청년일 듯도 싶었다.

"어떤 일을 점쳐 드릴까요?"

할 수 없이 나는 말을 건넸다.

"어! 혹여나 그대도 러시아 출신인가! 브라보! 설마하니 그대마저 망명하여 온 것은 아닐 테지. 아무려면 고양이까지야. 어? 그런 거야? 이름은 뭐라고 부르나?"

"얀이랍니다."

"얀이라……. 나는 말이지……, 아니, 나에게는 이제 이름 따윈 존재치 않아…….

이 세상 슬픔의 들판에서

　비밀스런 세 개의 샘……이 솟구쳤……다.

하나는 청춘의 샘, 차분함이 없이 빠른……

　솟구치며……반짝이며 우루루 콸콸 소리를 낸다.

하나는 시(詩)의 샘, 영감의 물줄기로

⋯⋯⋯⋯쫓겨난 이들의 갈증을 축인다.

남은 하나는⋯⋯싸늘한 망각의 샘,

어느것보다 달콤하게 심장의 열기를 식힌다.*

그런데 고양이까지, 고양이도 망명을 하다니, 걸작이
야."

"번민에 사로잡혀 있나요? 이 토끼님은 아주 뛰어난 능
력을 지녔답니다. 어떤 고민거리라도 확실하게 풀어 줄
거예요."

"토끼? 아, 그래. 점쟁이 말이로군. 그럼 어디 점이라
도 한번 쳐 볼까? 이 술주정꾼 떠돌이를. 이래 봬도 나는
백위군* 패잔병이란 말씀이야. 돈은 있으니까 걱정하지
말도록. 플래티나 커프스단추를 근자에 와서 팔아넘겼거
든. 그런데 어쩐다? 이 가없는 슬픔의 들판에서 네번째

* 푸슈킨의 시, 〈세 개의 샘〉.
* 백위군⋯⋯러시아 혁명 때, 볼셰비키(적군)에 대항하여 싸운 반
  혁명군(백군).

샘이 솟구칠까? 나의 미래라는 샘이? 내세에서라도 괜찮아, 어차피 미래 따위가 있을 리 없잖아."

"귀하의 미래를 점쳐 보고 싶은 거로군요."

나는 이렇게 말하고 나서, 점쟁이 토끼의 얼굴을 바라다보았다. 점쟁이 토끼는 순간 못마땅한 얼굴을 하더니만, 종이에 거침없이 술술 써내려간 것을 내 손에 넘기면서 곧바로 귀엣말을 건네었다.

"예니의 토끼가 친 점. ──이름도 없는 남자는 내년이면 러시아 땅에 서 있을 것이다."

나는 점쟁이 토끼의 말을 잘못 전달하는 우를 범하지 않으려고 신중한 태도로 읽어 나갔다.

"가당찮은 소리! 이내 몸이 볼셰비키 놈들의 치하로 돌아간다고? 정말로 가당찮은 이야기야! 나는 온 한 해를 이 도시에 머무르면서, 정말이지, 이제 어디로 가야 하나만을 궁리해 왔단 말씀이야. 베를린이거나 파리거나, 아니면 스페인이거나. 그런데 러시아로 돌아간다고? 있을 수 없는 이야기야. 절대 있을 수 없는 일이지……. 아니, 그럴 바에야 이 썩은 도시에서 한껏 마셔대다가 세

상을 등지는 편이 훨씬 나을는지도 모르지……. 돌아가
다니…… 설마하니……. 어이쿠, 술기운이 싹 가셔 버렸
네. 다시금 페라로 가서 마셔대지 않으면 안 되겠는걸.
그럼 나의 친구여, 안녕! 에그그, 이것은 점을 쳐 준 값."

남자는 외투 주머니에서 경화 두세 개를 꺼내어, 바닥
에 놓인 나무 상자에 떨리는 손으로 쨍그랑쨍그랑 떨어뜨
려 넣고는 갈라타 다리 쪽으로 비틀거리면서 걸어갔다.

나는 점쟁이 토끼가 써 준 종이쪽을 틀어쥐고 있었다.

"오늘은 운수가 좋은걸."

점쟁이 토끼가 나무 상자를 쳐들며 불쑥 말했다.

"저……, 반혁명군이었던 백군 병사가 지금 러시아로
돌아간다면 당장에 총살당하고 말 거예요. 그러니까 돌
아가선 안 되는데……."

"음, 그렇긴 하지만 인생이란 불가사의하니까 말이야."

"어쩌면 그렇듯 간단히 꾸며 댈 수가 있는 거죠? 지나
치게 무책임한 발언일랑은 하고 싶지 않아요."

나는 조금 언짢은 기분이 일었다. 그것은 비록 인간의
미래일지라도 그렇듯 어렵잖게 정하여 버리는 것이 어쩐

지 마음에 거슬렸기 때문일는지 모른다. 아니면 토끼의
점이 아무래도 임시방편으로 모면하는 말에 지나지 않으
리라고 여겨졌기 때문일는지도 모르겠다. 어쨌든 오늘
은 이 일을 더는 하고 싶지가 않았다. 그러자,

"그럼 오늘은 이쯤에서 끝낼까. 이 정도면 충분할 테니
까 말이야."

하고서, 점쟁이 토끼가 잉크병과 펜을 정원수들 속에 숨
기더니만, 의자를 체슈메* 옆에서 노점 사진관을 열고
있는 사내에게 맡기고 왔다. 그리고 바닥에 놓인 나무
상자를 들어 뒤쪽 뚜껑을 열더니 짤그랑짤그랑하며 경화
를 헤아리기 시작했다.

"여기, 이거 받아. 절반으로 나눈 몫에서 조금 모자라
는데, 오늘 안으로 은화를 잔돈으로 바꿔서 내일 마저
줄 수 있도록 할게."

"이렇게나요. 그냥 서 있기만 하였는데……."

"괜찮아. 네가 있어 주어서 오늘은 손님이 많았는걸.

* 체슈메……거리 곳곳에 자리한 지붕이 딸린 샘터. 지붕은 대리
  석으로 되었거나, 정자 형태를 띤 것도 있다.

98

내일 또 봐."

"아, 네. 고마워요."

"그럼."

"아, 안녕히 가세요."

이집션 바자르 뒤편의 흙먼지 분분히 날리는 상점가 쪽으로, 점쟁이 토끼는 순식간에 종적을 감추어 버렸다. 바자르에 드나드는 인파에 묻혀 토끼의 기다란 귀조차도 눈에 띄지 않았다.

3

    다음날 아침, 나는 이제까지 그래 본 적이 없을 만큼의 약간의 돈을 손에 쥐고 있었기에, 집시 곰 아저씨께 앞으로 어떻게든지 자립하여 보겠노라고 말하였다.

    그러자 그로부터 "아르메니아인과는 너무 가까이 지내지 않는 게 좋아"라는 의외로운 답변이 돌아왔다.

    "어째서죠? 더군다나 그 점쟁이 토끼는 아르메니아인도 아니고, 그저 아르메니아인의 마을에서 태어난 토끼에 지나지 않잖아요."

    나는 입을 조금 빼물고서 말대꾸를 했다.

    "무스타파 케말이 카르스에서 아르메니아군과 접전을 벌이고 있다는 건 알고 있겠지? 이 몰락한 제국의 대다수 터키인들은 케말을 지지하고 있단다. 영국이나 프랑스나 아메리카가 아르메니아의 편에 설수록 더욱더 그러할 거야. 결국은 말이지, 아르메니아의 분리 독립을 바라고 있는 이들은 아르메니아인뿐인 거야. 당연하지만 말이야."

그리고는 목소리를 낮추어 말을 이어 갔다.

"터키는 수백만 명의 아르메니아인을 학살했단다.* 바로 수년 전의 일이었지. 쿠르드인들을 부추겨서 말이야. 이제 더 이상은 마케도니아나 불가리아처럼 독립시키고 싶지가 않았던 거지. 소아시아를 잃으면 머지않아 아무것도 남지 않을 테니까 말이야. 모두들 이번 대전에서 패배해, 오스만 제국은 곧 뿔뿔이 해체될 것으로 여기고 있지. 그렇지만 말이야, 케말이 삼순에서 들고일어난 후 그에 고무된 광신적 애국주의자들이 이 거리 곳곳마다에 얼굴을 디밀고 있단다."

"그렇다면 아르메니아인들을 노리고 있다는 건가요?"

* 아나톨리아에는 고대부터 아르메니아인들이 살고 있었으며, 19
세기말과 제1차 세계대전중에 터키에 의한 아르메니아인 대학살
이 자행되었다.

"아르메니아인들이거나, 그리스인들이거나 좋게 여기고들 있지는 않지.* 인간들의 애국심이란 언제나 지극히 배타적인 것이니까 말이야. ⋯⋯그래, 그러니까⋯⋯ 이런 시대에는 몸가짐에 각별한 주의를 기울이지 않으면 안 돼⋯⋯."

집시 곰 아저씨는 마치 자신에게 이르듯이 말하였다.

구름이 잔뜩 낀 흐린 하늘과 갈라타 탑이 시미트 두 개를 들고서 여느 때처럼 갈매기를 기다리고 있는 나를 굽어보고 있었다. 눈앞엔 석물이 나둥그러져 있다. 이 거리는 도처에 무덤과 인가가 혼재해 있다. 어지간한 빈 터는 죄다 묘지인 것이다. 마치 모스크의 한 모퉁이가 바자르로서 성스러움과 속됨이 사이좋게 어깨를 나란히 하고 있듯이, 죽음과 삶 또한 서로에게 자신의 주장만을 고수하지 아니하고 저마다 거하기에 편리한 장소들을 확보하고 있었다. 삶은 죽음을 이웃하여 살고, 죽음은 그 삶에

* 연합국측의 그리스는 이즈미르(스미르나) 등을 점령, 점차 내륙으로 진격해 들어갔다.

살며시 깃들여 있다. 그리고 석물에 새겨넣은 멋스러운 아라비아 문자가 허무하게 지나가 버린 삶에 채색을 더하고 있다.

그 석물 위에 갈매기가 훌쩍 내려앉았다. 펼쳤던 양쪽 날개를 어쩐지 멋쩍은 양 접으면서.

"이거, 어서 먹어."

나는 이제 막 사온 시미트 한 개를 내밀었다.

"아, 그 반쪽만으로도 충분해."

아차 싶은 순간에 갈매기가 먼저 말하였다.

"그래도 오늘은 두 개나 샀으니까, 내 몫도 충분한걸."

하고, 내가 응수하였더니

"그래, 다행이다."

하며, 갈매기는 조심스레 양쪽 날개로 시미트를 붙들고서 퍼서석거리며 먹기 시작했다.

언제나없이 갈매기의 식사법은 서투르게만 보였다. 빵부스러기가 여기저기로 어지러이 흩뿌려졌다. 역시 갈매기의 부리는 물고기를 먹기에 좋게끔 만들어져 있기 때문일 터이다. 빤히 바라다보고 있는 것도 좋지 않을 듯

갈라타 지구를 내려가는 나.
갈라타 탑이 부끄러운 듯 머리만 살짝 내밀고서 내려다보고 있다.

하여, 나는 다시금 석물의 문자들로 눈길을 돌렸다. 내 자신의 불가사의한 처지에 감개한 느낌을 이기지 못하면서 나는 시미트를 한입 베어 물었다. 두 입을 먹고 나서, 세 입째 베어 물었을 때에는 어쩐지 목이 막혀서 잘 넘어가지가 않았다.

갈매기가 잠이 들자, 나는 살며시 갈라타 탑을 등졌다. 여느 때와 같이 좁다란 비탈길을 내려가, 카라쾨이에서 갈라타 다리를 건너 에미노뉴 광장께로 나섰다. 겨울 해가 짙은 구름에 가리어져 예니 자미가 광장을 짓누르듯 군림하고 있었다. 나는 재빨리 광장을 가로질러 이집션 바자르의 한옆에 있는 일터로 향했다. 오렌지 장수의 손수레에서 반지르르 윤기가 흐르는 과일 한 알이 데구루루 굴러 떨어지더니, 납작한 돌들이 깔려 있는 곳을 따라 쉬지 않고 굴러 굴러 갔다. 이윽고 오렌지가 구르기를 멈춘 정원수들 너머 예의 그 자리에 쫑긋한 두 귀 끝이 쏙 나와 있는 모습이 보였다. 그러나 손님을 부르는 외침 따윈 없었다. 대신에 시시로 왼쪽 귀 끝을 우그리어 귀로

부르는 듯한 시늉을 내고는 하였다.

"빠르기도 하셔라, 벌써 시작한 거예요?"

하고, 내가 먼저 점쟁이 토끼에게 말을 건넸다.

"응, 시간이 조금 남아돌기에. 게다가 오늘은 구름이 무겁게 내려앉아 있는 걸 보니, 혹여 눈이나 비라도 내려 일을 못하게 되지는 않을까 적잖이 염려스러워서 말이지. 내리쏟아지기 전에 손님이 들었으면 좋겠는데. 그렇긴 하지만 이런 날은 손님이 영 적어서 말이야. 그러나저러나 어쩐지 오스스한걸."

"네, 꽤 추워졌어요. 그러면 손님을 불러 볼게요."

"그래. 아, 잠깐만 기다려 봐. 이걸 쓰면 좋을 성싶은데."

돌아앉아 정원수들 틈서리에서 무언가 붉은빛을 띠는 걸 바스락거리며 꺼냈다. 뒤돌아보는 점쟁이 토끼의 손에 붉은 페즈가 들려 있었다.

"어, 나더러 터키 모자를 쓰라는 거예요? 싫어요."

"어, 그래, 그렇지만 잘 어울릴 듯싶은데. 게다가 이걸 쓰면 눈에 띄어 좋을 것 같고 말이야. 페즈를 쓴 고양이가 아직은 드물 테니까 말이지.”

“드물기는커녕 한 마리도 없을걸요.”

“그런가.”

마침내 나는 붉은 페즈를 쓰고서 손님을 부르기 시작
했다.

“점을 쳐 드립니다아~, 예니의 점치는 토끼랍니다아
~.”

“점을 쳐 드립니다아~, 토끼랍니다아~, 아, 점치는 토
끼랍니다아~.”

“그래, 침착하게. 그렇듯이 부단히 소리치지 않아도 괜
찮아. 저…, 요컨대 타이밍을 잘 맞추는 게 중요하단 말
이지. 건들건들 돌아다니다가 ‘점이라도 쳐 볼까’ 하는
생각이 슬며시 고개를 드는 바로 그때가 가장 중요한 순
간이라는 거야.”

먹구름을 드리우고 있는 하늘은 금방이라도 비를 퍼부
을 듯한 기세다. 예서 조금만 더 기온이 내려간다면 틀
림없이 눈으로 변하고 말 터이다. 마르마라 해의 따뜻한
기후가 흑해의 아득히 먼 저 북쪽, 러시아의 대지에서 남

하하는 차가운 기후와 싸우고 있는 것이다. 한편, 남하한 볼세비키는 마침 한 달 전에 최후의 백위군을 크리미아의 안벽에서 내쫓았다. 검은 남작, 브랑겔 장군은 모터보트로 세바스토폴을 탈출해 순양함 코르닐로프호에서 크리미아에 작별을 고하였다.

"역시 손님이 오지 않는군요."

라고 내가 말하자,

"그러네, 그렇지만 야릇한 때에 괴상한 손님이 찾아들기도 하지. 그러니까 다시금 손님을 불러 보려무나."

하고, 점쟁이 토끼가 응수했다.

"점을 쳐 드립니다아~, 예니의 점치는 토끼랍니다아~."

"어디, 그 점이라는 것 좀 쳐 볼까, ……저 ……잘 들어맞히나?"

인품 좋은, 다만 마음이 조금 약해 보이는 신사가 말을 붙여 왔다.

"예, 틀림없습니다. 제가 보증하지요. 거의 들어맞힌다고 여기십시오."

"거의 들어맞힌다가 아니라 딱 들어맞힌다고 해야지."

점쟁이 토끼가 내 꼬리를 잡아당기면서 나지막한 목소리로 작게 속삭였다.

"좌우간 딱 들어맞힌답니다!"

나는 되풀이해 강조하였다.

"아니, 실은 말이지, 고양이 군, 그대의 그 붉은 터키 모자를 보자니까 불현듯 마음이 걷잡을 수 없이 일렁이지 뭔가. 나는 그다지 점, ……에, 이를테면 집시들의 카드점이라거나 하는 따위를 믿지 않는 편이라네. 정말이지 아주 가끔 보는 정도랄까. 조금 전에 말이지, 터키 정부의 전직 고관이었다는 인물과 모종의 거래가 있었거든. 그 사내가 마침 그대와 똑같은 터키 모자를 머리에 얹고 있더군. 그래, 깊이 눌러쓰지는 않았지만 말이야. 뭐, 그대들은 동물이니까 이런 사실을 입 밖에 내더라도 마음 쓸 일 없을 테니 이야기하는 건데, ……에, 전직 고관은 그 지위를 이용해서 갖가지 이권을 틀어쥐고 있더란 말이지. 그 한 가지로 석유 채굴권이 딸린 북부 모술 지역의 토지 소유권까지 확보해 두고 있더군. 그런데 이

즈음 오스만 제국 통화의 하락으로 다급히 현금이 필요해졌다나. 그래서 때마침 대사관의 파티에서 알게 된 나에게 특별히 싸게 팔고 싶다는 제안을 해온 거야. 내 쪽이야 러시아에서 탈출할 때에 갖은 보석이며 돈이 될 만한 장신구들을 짐 꾸러미 속에 죄다 꾸리어 왔으니까, 그것으로 어떻겠느냐고 응하였지. 어째서냐고? 석유잖아! 그 토지에서 석유가 나온다는 검증까지 이미 마친 상태이니 틀림없다는 거야. 어쨌든 오스만 제국이 보증해 준다니 놓치기도 아깝고 말이지. 그러니 어떡하면 좋겠어? 대체 석유가 얼마나 나오려나? 음, 매장량 같은 거 말이야. 어쩌면 귀족 출신의 석유왕이 탄생할는지도 모르는데, 어떻게 하면 좋으려나?"

아무래도 그 사람 좋음이 장점일 듯싶은 신사는 쉬지 아니하고 곧장 마음속에 품고 있는 궁금증들을 털어놓았다.

나의 눈길이 점쟁이 토끼 쪽을 향하였다. 점쟁이 토끼는 땅바닥에 놓인 잉크병에 펜을 찍더니만, 단 한 줄의 문자만을 늘어놓는 데 그쳤다. 그러더니 내 귓전에 대고 나직이 속삭였다.

"……양털이 나온다……."

"네?!"

나는 엉겁결에 그만 큰 소리를 지르고 말았다.

황급히 마음의 동요를 감추려 노력하면서, 나는 이내 침착한 태도로 토끼에게 종이를 받아들어 신사 앞에서 높이 쳐들고 단숨에 읽어 나갔다.

"예니의 토끼가 친 점. ──양털이 나온다……──."

"이봐, 무슨 말을 하고 있는 거지? 정말이지, 이러니까 동물은 가축으로밖에 쓸모가 없다는 거야. 아니, 그대들은 가축 축에도 끼이지 못할걸. 토끼와 고양이일 뿐이잖아. 양이라니! 양털? 뭐지, 그건? 아니, 그것으로 됐어, 이제 그만, 오늘은 축배를 들어야 하는 날인걸. 변변찮으나마 제군들도 나의 행운의 일부분을 누릴 권리가 있을 테지. 자, 받아두게나, 가엾은 동물 제군들."

망명 러시아 귀족은 이렇게 말하며 은화 한 닢을 내게 쥐어 주고는 떠나가 버렸다.

"그런 식으로 점을 쳐 주니까 화를 내는 거잖아요. 무슨 의미예요, 양털이 나온다니오?"

"음. ……그건 말이지, 털실 몽당이 같은 것이 불쑥 떠올라서 어떻게 달리 답하여 줄 수가 없었던 거야."

"떠오르다니, 머릿속에서 말인가요? 아니면 눈앞에 희미하게 나타나기라도 한다는 건가요?"

"뇌의 앞쪽, 아니 눈 위께서인가."

"생각인가요?"

"음, 아냐, 영상이지……."

"빛깔을 띠고 있나요?"

"음, 아냐, 대개는 아무런 빛깔이 없어."

"흠……, 그렇게 미래가 내다보여서 오히려 자신이 두렵게 느껴지거나 하지는 않나요? 이를테면 자신의 미래를 감지할 수 있어서 기쁘거나, 반대로 무섭거나 하지는 않느냐 말이에요…?"

"음, 저 말이지, 미래라고 하지만 그저 눈앞의 일 정도밖에 알지 못해. 먼 장래는 보이지 않으니까 말이야. 자신의 일 따위는 더더군다나 하나도 떠오르지가 않는단다."

"흠흠. 그러면 나의 가까운 미래는 어떨 것 같아요?"

"저 말이지, 동물의 점은 칠 수가 없어서 말이야. 인간도 무신론자 같은 이들은 도저히 불가능해, 알 수가 없단다."

"어째서죠?"

"그러니까 역으로 말하면, 어떤 신이건간에 여하튼 무엇인가를 믿는 사람들은 말이지, 그 심리를 쉽게 간파할 수가 있거든. 뭐 그만큼 정신 구조가 단순한 까닭일는지도 모르지. 게다가 갖가지 품은 생각들을 유형화할 수가 있으니까, 그 장래도 곧장 상상되어져 버린다고나 할까."

"그런 거로군요?"

"그래, 그런 거야."

"아차, 그러면 그저께의 당나귀 짐수레 건은 어떻게 들어맞힐 수가 있었지요? 당나귀도 동물이잖아요!"

"음, 저 말이야, 틀림없는 사실이긴 하지만 그 당나귀는 당나귀라기보다 어쩐지 인간다운 면모를 지니고 있어서 말이지. 분명히 말해 두지만, 조금 단순한 데가 있었어. 마치 은행원처럼 숫자 헤아리는 걸 좋아하는 것도 그렇고. 그러니까 동물이라도 얼마간 내다볼 수가 있었던 거지. 그리고 접때는 당나귀보다 짐수레에 집중해서 상상하였으니까."

"이상하군요."

"뭐가?"

"그러잖을 수 없는 것이 물건 자체의 미래라니, 그것이야말로 동물보다도 더더욱 무신론적인 존재이지 않나요? 물건 자체의 미래를 알아맞힐 수가 있다니, 아까의 이야기와 모순되는 것 아녜요?"

"너 참 의외로 집요하구나."

"그래도……."

"음, 저 말이지, 접때는 어쩐지 되찾을 수 있을 것 같은 느낌이 들었단다. 그런데다가 당나귀의 얼굴에 이제 괜찮노라고 쓰여 있었기 때문에 그런 식으로 말했던 것뿐이야. 저 말이지, 그리고 또, 페즈가 뒤로 쏠려서 떨어질 것만 같은데."

"아, 그래요."

하고서, 나는 페즈를 반듯하게 고쳐 썼다.

이렇게 해서 나의 질문은 흐지부지된 채 다시금 영업이 시작되었다.

"점을 쳐 드립니다아~, 점치는 토끼랍니다아~."

"점을 쳐 드립니다아~, 예니의 점치는 토끼랍니다아~."

그뿐, 손님은 오지 않았다.

"저어, 아까의 그 이야기 말인데요."

나는 따분하기 짝이 없어서 조금 전에 하다 만 이야기를 다시금 이어 갈 셈이었다.

"어, 뭐지?"

"어째서 동물의 미래는 점치지 못한다는 거예요? 인간에 대하여는 그런대로 조금 이해가 되는데……."

"간단한 거지. 동물은 대개가 무신론자이니까 말이야."

"아까의 이야기를 고려하자면, 무신론자는 정신 구조가 단순하지 않기 때문에 미래가 읽히지 않는다는 거네요?"

"음, 뭐, 인간에 관해서는 그렇다는 말이지."

"동물도 무신론자가 많아서, 역시나 마찬가지로 읽히

지가 않는다는 거로군요?"

"음, 아냐, 동물의 경우는 같은 무신론이라도 약간 다르단다. 동물의 운명은 말이야, 정해져 있지가 않거든. 다시 말하면, 오늘의 너는 어제의 너와 아주 다른 너일는지도 모른다는 거지. 그러므로 내일의 너도 오늘의 너는 아닌 거고. 그렇지만 인간이라든가 물건 자체는 말이지, 연장된 의식을 지닌 존재란다. 요전의 남자는 어제도 오늘도 내일도 한결같이 변함이 없는 그 남자인 거야. 연속적인 존재라고나 할까. 아냐, 역시 계속해서 연장되는 존재 쪽이 보다 알맞을는지도 모르겠군. 그럴지라도 언젠가는 그 연장성마저 멈추고 말 테지. 그러므로 인간은 제약을 받는, 이미 정해진, 부자유한 존재란다. 그리고 미래 또한 벌써부터 결정지어져 있지. 그런데 동물은 아주 자유스러워, 본래. 우리 같은 얼치기들처럼 어쩔 수 없이 인간의 무리에 섞이어 살아가고 있는 동물은 그다지 자유롭지 못할 테지만 말이야. 그래서 때때로 동물이라 하더라도 인간적인 기운이 감도는 녀석들의 경우, 그 장래가 확연히 내다보이기도 하지. 그렇지만, 단언하건대

너와 같은 동물은 전혀 알아낼 도리가 없단다."

토끼의 이야기를 들으면서 나는 지렁이처럼 몸이 아주 기다랗게 늘어난 인간과, 무수히 분열되어 제멋대로 아무 데나 마구 쏘다니는 나의 분신들을 상상하였다.

"흠흠. 그렇더라도 동물들 가운데서도 인간과 한가지로 신앙을 가지고 있는 경우는 읽을 수 있지 않나요? 점술가 토끼님 자신도 아르메니아 사도 교회에 속하여 있다고 말하지 않았던가요?"

"어, 음, 아니 뭐. 너 참 집요하구나. 그것은 말이야, 요전에 말하였던 것처럼 이 도시에서는 그렇게 해두는 편이 성가시지가 않아서 그런 거야."

"그렇다면 토끼님 역시도 사실은 무신론자인 거로군요."

"어, 음, 말하자면."

이렇듯 실없는 논의가 한창일 무렵, 어른스레 보이는 새하얀 웨이터 상의로 작다란 상반신을 감싼 소년이 차배달을 마치고서 매다는 빈 유기 쟁반을 축 늘어뜨린 채 나타났다. 상의는 말끔한 데 반하여 바지는 영 추레한 것이 군데군데 해어져 있기까지 했다. 구두창은 다 닳아서 대부분이 떨어져 나간 터였다.

"이봐, 주제넘은 큰고양이와 큰토끼! 내가 어른이 되었을 때, 주인장이 운영하는 가게 같은 것을 나도 차릴 수가 있을지 점쳐 줄 테야. 호주머니에 10파라나 들어 있지 않겠어. 점쳐 준 값은 치를 테니 안심하라고."

거친 말씨와는 사뭇 다르게 소년은 빛나는 눈빛을 보내고 있었다.

"아, 그러니까 데미르지 마을의 아버지와 어머니, 또 할아버지와 동생 하킴과 누이 유슨과 이웃 마을의 아저씨와 아주머니…… 에, 또 모든 이들과 어마어마하게 큰 저택에서 살 수 있으려나?"

"음, 잠시만 기다려 주세요."
해놓고서, 나는 조금 얼떨떨한 눈으로 점쟁이 토끼 쪽을 쳐다보았다.

점쟁이 토끼는 벌써부터 거침없이 술술 써내려가고 있었다. 그리고 희한스럽게도 종이 한 면을 빽빽하게 문자들로 채우더니, 그 종이를 나에게 건네면서 나지막이 속삭였다.

"저 말이지, 길어서 조금씩 끊어 가며 말할 거야. 그때 그때 받아서 그대로 전하면 돼. ——예니의 토끼가 친 점. 벌룩벌룩. 에-또, 차 배달을 하는 소년의 소망은 이루어질 것이다, 단 일부를 제외하고는."

나는 소년에게 가감 없이 전하였다.

"그대의 소원은 이루어질 것입니다. 다만 그 전부가 다 이루어지기를 바라는 것은 조금 욕심일 테지요."

점쟁이 토끼는 계속해 나갔다.

"에-또, 소년은 프린키포 섬에 카페를 열겠고, ……단 겨울에는 닫을 테지만, ……그리고 시실리 지구에도 가게를 차리게 될 것이다."

"저, 가게도 두 곳이나 소유하게 될 터인데, 섬과 신시가지 쪽이로군요."

"에-또, 그리고, 벌룩벌룩, ……소년은 보스포루스의 건너편 기슭, 칸르자 마을에 있는 별장도 사들일 것이다."

"저, 아름다운 바다에 면하여 있는 커다란 저택에 살게 될 것입니다."

"에-또, 그리고, ······벌룩······, 어느덧 노경에 접어든 별장의 소유주는 아버지 어머니도 이미 오래전에 돌아가셨고, 동생과 누이는 각자의 길을 걸어가고 있고, 친척들마저도 멀리 떠나 버린 탓에, 다만 홀로 칸르자의 맛 좋은 요구르트를 먹으면서 그저 그렇게 노동으로 소모해 버린 젊은 날들을 그리워하며, 보스포루스를 오가는 배들의 기적 소리에 눈물짓곤 할 것이다. 어쩌다가 별장의 양쪽으로 열리는 쇠살문을 열어젖히노라면, 달빛에 일렁이는 보스포루스의 잔잔한 물결이 내다보이리라. ······ 벌룩벌룩."

"에-또, ······그리고, ······그리고, 그때는 이미 아버지나 어머니와 더불어 살 수가 없을는지도 모릅니다. 그대가 나이를 더하여 갈수록 그대보다도 나이가 많은 이들은 생을 마감하여야 할 날이 가까울 테니까요. 그리고 모두들 저마다의 길을 찾아서 떠나갈 거예요. 모든 일이 완벽하게 목적한 대로 이루어지지는 않습니다. 인생이란 제각기 조금씩, 아주 조금씩 어그러져 가는 것이기 때문일 테지요. ······에-또, 에-또, 그것이 요구르트의 맛."

"흥! 얼른 이해되진 않지만, 가게를 갖게 된단 말이지."

"네, 그래요."

"어, 그렇다면 소중히 간직해 둬야겠네. 그럼, 힘을 내어 볼까나!"

소년은 점쟁이 토끼의 점사가 적힌 종이를 작게 접어 들더니만, 호주머니 속에서 경화 한 닢을 꺼내어 내 손에 쥐어 주고는 매다는 쟁반을 늘어뜨린 채 떠나갔다. 한껏 어른 흉내를 내면서, 개선장군처럼. 그러나 그 자그마한 뒷모습은 금세 인파 속으로 사라져 보이지 않았다.

"쟤가 정말로 그와도 같이 성공을 거둘 수 있을까요?"

자못 비약적인 이야기에 의문을 품지 않을 수 없었던 나는 토끼에게 기어이 캐묻고 말았다.

"음, 저, 인생은 불가사의하니까 말이야."

"아니, 불가사의하기 때문이라기보다 그저 상대가 기뻐할 듯싶은 이야기를 날조해 내는 거라면, 언젠가 그것을 깨닫게 될 때 얼마나 마음이 아프겠어요."

"아, 그래. 그래도 인생은 꿈과 같으니까 말이야."

"그것은 그렇지만서도."

"좋지마는 않아, 나 또한 더러 점을 치고 싶지 않을 때가 있단 말이지."

"그렇더라도 돈을 받고서 그러면 사기 아닌가요?"

"소년의 미래는 점칠 필요가 없단다. 정말로 점이 필요할작시면 그것은 인생의 막바지에 다다른 인간들뿐일 거야."

"그것은 어째서죠?"

"점이라는 것은 말이지, 인생을 마무르기 위한 처방전인 거야. 처방된 약이라야 어차피 일시적인 위안을 주는 것에 지나지 않을 테지만. 그렇지만 그것을 받아들이는 쪽도, 다시 말하면 손님도 절반은 일시적이나마 얼마간 위안을 주리라는 걸 알고 있을 테니까 괜찮다는 거야. 그런 게 점이지."

"그래요, 그런 것인가요……."

그 후로도 오랫동안 소리쳐 부르기를 그치지 아니하였으나, 그것을 마지막으로 손님은 더 이상 들지 않았다. 이렇게 나는 둘째 날의 일을 마물렀다.

4

    다음날도 여느 때와 같이 갈매기와 함께 시미트로 아침 끼니를 에우다시피 하고서, 나는 일터로 향하였다. 어제와 매한가지로 흐린 날씨였으나, 갈라타 다리를 건널 즈음엔 간간이 엷은 햇살이 내비치기도 하였다. 그러나 추위는 변함없이 단단히 그 힘을 보태어 가고 있었다. 예니 자미와 이집션 바자르 사이에 끼인 꽃 시장에 다다랐을 때까지도 언제나 거기 어디쯤에서 도드라졌던 토끼의 귀는 보이지 않았다. 정원수 가까이에 이르렀는데도 묘연히 자취가 없었다.

    나는 정원수들의 틈서리에서 토끼가 그랬던 것처럼 잉크병과 펜을 찾아냈다. 그리고 꽃 시장 끄트머리께의 멋들어진 체슈메 옆에서 야외 사진관을 열고 있는 새하얀

수염투성이의 연로한 사내에게도 토끼가 맡겼던 의자를 찾으러 갔다.

"안녕! 벌써 나왔나 보네. 자네도 아르메니아계인 모양이지? 토끼와 함께 일하는 걸 보니."

"아뇨, 저는 러시아에서 왔답니다."

"아니 저런, 러시아 고양이란 말인가. 잠깐 기다리게나, 그렇다면 자넨 백군계 고양이일 테지. 흐흐, 그러고 보니 볼셰비키에게 쫓겨난 거로구먼. 반혁명 부르주아 고양이였을 테니 말이야."

"아뇨, 다만 전쟁이 싫었을 뿐이에요."

"그랬구먼그래. 나는 그리스인인데 말이야, 요즘 세상의 비난이 거세어서 애를 먹고 있지. 이 도시에서는 각 나라의 인간들이 서로 도우며 살아왔거든. 그런데 그리스군이 스미르나(이즈미르)에 상륙하고부터는 도무지 안심하고 거리를 나다닐 수가 없다니까. 그리스인 거리에서 한 발짝도 밖으로 나서지 않는 녀석들도 있을 정도란다. 뭐 우린 정교도끼리이니 사이좋게 지내자꾸나. 아 그래, 의자가 있었지."

사진사는 내 손을 꼭 쥔 채 잡동사니 각재로 짠 골격 위에 천을 덮어씌웠을 뿐인, 자그마한 상자 같은 막사 속으로 고개를 들이밀고서 점쟁이 토끼의 의자를 꺼내려 들었다.

외투 자락이 말려 올라가자 바지의 엉덩판에 나 있는 큼지막한 구멍이 빤히 들여다보였다. 아래로 늘어뜨려진 천과 천의 틈새기로 안쪽을 흘금 엿보니, 빛바랜 사진들이며 그리스어판 신문들이 나무 받침대 위에 아무렇게나 쌓여 있었다. 또 받침대 아래에는 빈 우조* 병이 세 개나 나뒹굴고 있었다.

"힘을 내자꾸나."

"고맙습니다."

꽤 오랜 시간이 지났을 무렵에야 점쟁이 토끼는 힘에 겨운 듯한 모습으로 나타났다. 두 귀를 아래로 잦뜨린 채 고개를 수굿이 하고서 땅바닥만 내려다보며 걸어오다가

---

* 우조(ouzo)⋯⋯포도로 빚어내는 그리스의 증류주.

나를 보더니,

"어어, 빠르기도 해라! 그럼 어디 시작해 볼까나."

하고서 먼저 말문을 뗐다.

정오의 예배를 알리는 아잔이 울려 퍼질 때까지 두 명의 손님이 점을 쳤다. 콘스탄티노플 근교의 마을로부터 양파가 담긴 바구니들을 등에 져 나르는 일을 하는 남자와, 반장난삼아 점을 본 프랑스 여자였다. 남자는 그리운 옛 친구가 지금은 어느곳에 살고 있을까를, 여자는 3일 전에 만난 영국 고등변무관 대우직의 남자가 정말로 독신인지를 알아봐 달라고 하였다. 점쟁이 토끼는 여느 때와 다름없이 적당히 답하여 주었다. 남자는 순순히 받아들이고서, 여자는 화를 내면서 떠나갔다.

점심은 예의 그 식당에 가서 하였다. 점쟁이 토끼는 물릴 만도 하건만 언제나처럼 초반 살라타스를 주문하였고, 나는 기분 전환을 위해 메네멘(터키풍 오믈렛)을 먹었다. 그러나저러나 어찌하여 까치는 늘 그렇듯 기분이 좋지 않는 것일까? 그렇지 않다면 그저 무뚝뚝하게 대하는 것일 뿐인가?

식사를 마치고서 꽃 시장께로 돌아와 "이제 슬슬 시작해 볼까"고 점쟁이 토끼가 운을 떼었을 때, 잿빛을 띤 흰색 수염에 그런대로 바느질 솜씨가 좋아 보이는 코트, 그리고 페즈가 잘 어울리는 노인이 우리들 앞에 섰다.

"야, 그대들! 기억하고 있으려나, 아후메트 말이야. '갤러리 아후메트' 융단 가게. 그대들의 그 점 말인데, 지금 당장은 아니지만 들어맞힐 날이 머지않을 듯싶으이."

"저, 어떻게 되었는데요?"

내가 물었다.

"큰고양이 군! 팔렸지 뭐야, 그것도 너덜너덜하게 해어진 거지 같은 융단이 말이야. 엊저녁 무렵이었지. 드물게 보는 아메리카인이었어. 확실한 신분도, 어떤 목적으로 이 도시에 머무르고 있는지 따위는 도무지 알 길이 없지만, 어쩐지 전쟁에 편승해서 벼락부자가 된 것은 아닐까 싶더구나. 그 손님의 눈길이 석유 스토브 아래에 깔려 있는 기름때로 찌든 낡아 빠진 융단에 쏠렸지 뭐냐. 오래된 것이냐고 묻더군.──예, 오래되었으니 닳은 것 아니겠어요.──그렇죠, 이렇게 낡았잖아요.──예, 정말이랍니다. 그러니까, 그날은 그럭하고 말았어.

그런데 오늘 오전 나절에 다시 나타났지 뭐야. 제발 넘겨 달라는 거야. 그러한데다가 그쪽에서 도저히 믿을 수 없는 가격을 제시해 왔단다. 어디나 있을 법한 낡아 빠진 융단에. 뭐, 그 나라와는 물건의 가치 기준이 현격하게 다를 테지. 그래서 그 가격대로 팔아넘겼단다."

"그렇게나 비싸게 팔았단 말예요?"

"그래, 내 가게의 반년 매상고에 상당하지."

점쟁이 토끼는 별 흥미를 못 느낀 듯한 얼굴을 하고서 땅바닥만 내려다보고 있었다. 아마 이야기의 절반도 귀담아듣지 않았을 것이다, 그렇게나 커다란 귀를 지니고서도.

"평생토록 쓰고도 남을 만큼이라는 대목은 빗맞혔지만, 어쨌든 그대들로 인한 행운이 아닐까 싶으이. 이것은 다만 내 고마움의 표시랄까."

융단상은 은화 몇 닢을 나무 상자에 넣어 주었다. 쨍그랑, 쨍그랑, 쨍그랑, 하는 소리가 상자 속에서 경쾌하게 울렸다.

"이야기하는 거 들었어요?"

융단상이 떠나간 후, 내가 토끼에게 물었다.

"아, 그래, 뭐 그냥저냥. 점을 쳐서 나오는 결과와 인생에서 실제로 일어나는 사실은 얼마쯤 차이가 있기 마련이지. 그저 최후에 가서야 이치에 닿는 법이거든. 그렇지만 말이지, 그 도중의 일치하지 않음이 짓궂은 희극을 연출해 내는 거야. 인간들의 인생이란 그렇듯이 짓궂은 희극의 연속인 거지."

"…? ……."

"저어, 날씨도 활짝 개었으니, 이 부수입으로 사진이라도 찍어 둘까?"

"네? 어째서 사진을 찍어 두자는 거지요?"

"음, 기념이 될 테니까."

"그렇긴 하지만 난 관광객도 아니고, 기념 사진을 찍고 싶은 마음도 없……."

"아, 그래. 그렇더라도 이렇게저렇게 서로를 알게 된 것도 인연일진대, 게다가 나는 사진을 무척 좋아하거든. 그리고 또 여기서 지켜보자니까, 저 사진관은 요 한 달

동안 한 명의 손님도 들지 않던걸. 저렇게나 낡은 구식 사진기하며, 저것 봐, 저쪽 벽에 나붙어 있는 사진들은 하나같이 퇴색해설랑은 아무것도 찍혀 있지 않은 것 같아 보이잖아. 저러면 아무도 찾아들지 않을 텐데 말이지. 계속해서 언제나처럼 의자를 맡아 주었으니, 저 그리스인이 적으나마 식사라도 할 수 있게끔 우리가 사진을 찍으면 좋지 않을까 싶은데."

그리하여 우리는 이 혼돈에 빠진 콘스탄티노플의 길모퉁이에서, 예니 자미를 뒤로 한 채 기념 촬영을 하기로 했다.

마그네슘 섬광이 잿빛의 겨울 거리를 홀리었다. 게다가 늘어날 대로 늘어난 주름상자에 딸린 검은 천 뒤에 몸을 감춘 사진사는 흡사 마술사처럼 보이기까지 했다.

순식간에 연소된 마그네슘 연기가 쓱 사라져 버린 차고 푸른 겨울 하늘에는, 어디서 날아왔는지 모를 희고 자그마한 풍선이 바자르의 지붕 위에서 춤추듯하며 떠다니고 있었다.

나와 나란히 선 점쟁이 토끼는 얼어붙은 듯 꼼짝도 하

지 않았다. 그리스인 사진사는 여전한 모습으로 사진기에 둘러친 검은 장막 속에 있었다. 길을 가던 이들이 그 자리에 멈추어 서기도 하였고, 달음질쳐 가던 아이들이 걸음을 늦추기도 하였다. 먹이를 찾아다니던 비둘기가 작은 돌멩이에 걸려 넘어질 듯 비틀거리는가 하면, 까마귀는 느릿한 날갯짓으로 하늘을 가로지르고 있었다. 거리는 소리와 움직임을 잃어갔고, 내내 바라보던 풍선마저도 저 홀로 흥에 겨운 듯 원을 그리다가 냉기류에 밀려 시야에서 점차 사라져 갔다. 그것이 사라진 저 너머에서 내 귓전에 대고 속삭이듯 러시아 집시들의 노랫소리가 울려들었다.

문득 정신을 가다듬자니, 잎이란 잎은 죄다 떨어낸 가로수들이 말없이 우리를 내려다보고 있었다. 이윽고 오후 예배를 재촉하는 아잔이 미나레트의 꼭대기에서 울려퍼졌다. 1920년 12월 8일은 이렇게 흘러갔다.

5

  점치는 일을 도와 나선 첫째 주일은 하루하루가 길었
다. 소리쳐 손님을 불러들이는 것도 내심으로 부끄러웠
지만, 몰풍스레 귀띔하는 토끼의 말들을 손님에게 곧이
곧대로 전해야만 하는 나 자신에게도 곧잘 짜증이 나고
는 했다.

  그러한 나의 기분 따위는 아랑곳없다는 듯 점쟁이 토
끼는 주어진 일들을 담담히 해치웠다. 성황을 이룬 적은
결코 없었는데, 그도 그럴 것이 다섯 명에 한 명 정도에
게는 도저히 이해가 되지 않는 점사를 써 주었기 때문이
다. 손님이 떠나간 후, 그 점에 대하여 행여라도 물을라
치면 언제나 모호한 대답만 돌아올 뿐이었다.

  "앞일은 알 수 없는 거니까"라든가, "인생은 불가사의

나는 길거리들을 누비고 다니면서 간간이 러시아를 떠올렸다.

한 법이니까" 하는 식이었다.

나는 이 일을 하기에 적합하지 않음을 뼈저리게 느끼면서도 망명 고양이가 할 수 있는 일이 딱히 없었으므로 어떻게든 굳게 참고 견디어 나갈 요량이었다.

그렇게 마음먹자니까 다음 한 주일은 그런대로 빠르게 지나갔다. 그리고 1920년의 크리스마스도 며칠 앞으로 성큼 다가왔다. 온 거리거리마다가 크리스마스를 축하하는 장식들로 꾸며져 있지는 않았지만, 그래도 영국과 프랑스를 위시하여 각 나라의 대사관이며 영사관, 또 유럽인들이 이용하는 호텔 등에서는 12월도 절반을 넘어서자 금별이나 은별을 단 전나무가 로비들을 장식하고 있었다. 게다가 길거리에는 토박이 거지들과 영락한 새내기 망명자 거지들로 넘쳐났다. 토박이 거지들은 동냥을 얻고서도 고마워하는 기색이 전혀 없건만, 망명자 거지들은 비굴해 보일 정도로 몇 번씩이나 머리를 조아려 댔다. 기이하게도 형편이 넉넉해 보이는 거지가 있는가 하면, 추위가 가실 날이 없을 듯하여 보이는 거지가 있기도 했다.

나는 그러한 길거리들을 누비고 다니면서 간간이 러시아를 떠올렸다.

크리스마스가 얼마 남지 않은 날 아침, 나는 갈라타 탑 아래에서 갈매기와 시미트를 먹고 있었다. 짙고 눅눅한 안개가 부근 일대를 자우룩이 감싸고 있었다. 부드레하던 털들에 온통으로 습기가 배어들어 어쩐지 기분이 좋지가 않았다. 갈매기도 그러한지 시미트를 쪼아먹는 틈틈이 부리로 배를 덮고 있는 깃털들을 자꾸자꾸 매만지고는 하였다.

"오늘은 안개가 유난히 짙은걸."

하고, 내가 말하였다.

"그래, 이다지도 짙게 깔렸으니 걷히려면 한참을 기다려야 할 것 같아."

갈매기가 응수해 왔다.

"이런 날은 주의해서 날아다녀야만 해."

"무리해서 날아다니지 않았으면 좋겠어. 먹을거리 때문이라면, 일 마치고 돌아오는 길에 뭘 좀 사올 테니까

요 언저리에서 자고 있을 테야?"

"일이라니, ……아, 그 점치는 일 말이로구나. 여태까
지 해온 거야?"

"맞아, 여태껏 계속하고 있어. 그다지 좋은 일은 아닌
것 같지만 말이야. 인간들의 욕망의 행렬이란 게 끝이 없
다 보니까. 그래도 그 덕분에 끼니를 이어 살아가고 있으
니, 이러쿵저러쿵 말할 처지가 못되어서 말이지."

"맞아. ……그렇긴……해. ……."

갈매기는 어느 결엔가 벤치 위에 잠들어 있었다. 집집
의 회색빛 석벽들은 안개에 휩싸여 버렸고, 지붕을 덮은
불그스름한 갈색으로 바랜 기와들만이 희미하게 드러나
보였다.

별안간 이 작다란 빈 터의 어귀로 접어드는 한 골목길
에서 칠면조 무리가 대열을 이루어 소리 없이 나타났다.
우윳빛 안개 속이라서인지 칠면조의 핑크빛 대머리조차
도 눈에 띄지가 않았다. 대열은 탑 아래께를 가로질러서
맞은편 골목길로 유유히 사라져 갔다.

금각만은 안개에 묻혀 있었다. 안벽에 붙들어 매인 어부들의 범선 돛대들 몇 개가 묘비처럼 그 안개 속에서 비죽이 튀어나와 있을 뿐이었다. 카라쾨이에서 갈라타 다리 너머의 저편을 바라다보려니, 다리의 중간께부터 안개에 잠기어서 아무것도 보이지가 않았다. 보스포루스 해협 건너편 연안의 위스퀴다르 거리만이 기적처럼, 마치 안개 구멍이 뚫린 듯 간신히 그 모습을 내비치고 있었다. 노면 전차가 희미한 불빛을 비추며 안개 저편으로 천천히 빨려 들어갔다. 그 자취를 더듬듯 나는 안개 속에 걸쳐 있는 갈라타 다리를 건넜다. 예니 자미는 안개 속에 잠들어 있었다. 모든 것이 다 잠들어 있었다. 이대로 영영히 깨어나지 않을 듯이. 이집션 바자르는 금각만을 향하여 입을 크게 벌리고서 그 안개들을 거침없이 빨아들이고 있었다. 꽃 시장엔 사람의 흔적조차 없었다. 게다가 작다란 광장 어디에도 점쟁이 토끼의 모습은 보이지 않았다.

나는 정원수들의 틈서리에서 펜과 잉크병을 찾아 땅

바닥에 내려놓았다. 그리고 사진관으로 의자를 찾으러 갔다.

"어이쿠, 러시아 고양이 군! 열심이로구면. 오늘은 금요일이라서 바자르가 조용하네.* 짝은 아직 오지 않은 모양이지? 별일이군. 감기라도 앓는 건가. 아, 의자 말이지, 잠깐 기다려. 자, 옜다."

의자에 앉아서 점쟁이 토끼를 기다렸다. 안개는 좀처럼 물러날 기색이 아니었다. 나는 발치에 놓인 펜과 잉크병을 내려다보고 있었다. 꽃 시장의 노점들도 인기척 없이 호젓했고, 사진사도 자그마한 막사 안으로 들어가는가 싶더니 나오지를 않았다. 이집션 바자르의 지붕이며 예니 자미의 차양들에는 잔뜩 늘어앉은 비둘기들이 날개깃을 부풀린 채 잠들어 있었다.

나는 이따금 꾸벅꾸벅 졸기도 하면서 점쟁이 토끼를 기다렸다.

정오 예배를 알리는 아잔이 잿빛 거리에 울려 퍼졌다.

* 이슬람에서는 금요일이 휴일. 금요 예배에 여느 때보다도 많은 사람들이 모스크에 모여든다.

예니 자미의 언저리가 금요 예배를 드리러 온 사람들로 메워져 갔다. 모스크에 들어가지 않으려는 이들은 돌층계 위나 납작한 돌들이 깔린 광장에 엎드려서 기도를 올렸다. 나는 하릴없이 땅바닥의 잉크병에 펜을 넣고서 이리저리 휘젓고 있었다.

장시간의 예배를 마치고, 사람들이 줄줄이 걸어 나오자 비둘기들이 일제히 날아내렸다. 광장에 먹이가 흩뿌려지고, 사람들과 비둘기들이 어우러졌다. 청맹과니 걸인의 눈망울이 빛나기 시작했고, 앉은뱅이는 적선을 구하면서 무릎걸음으로 분주히 돌아다녔다.

나는 펜을 들어 자욱한 안개 속에 이렇게 써넣었다.

'점을 쳐 드립니다, 예니의 점치는 토끼랍니다.'

군중이 광장을 떠나가고, 비둘기들이 또다시 날갯짓을 부풀리고서 잠을 청할 때까지도 점쟁이 토끼는 오지 않았다. 나는 하는 수 없이 잉크병과 펜을 감추고, 의자를 맡겨 두려고 사진관 쪽으로 걸어갔다.

"이런, 짝이 모처럼 쉬었나 보군. 이상도 하지. 자네들에게 금요일은 돈벌이하기에 더없이 좋은 때일 텐데. 저렇게까지 많은 사람들이 모여들고는 하니 말이야. 어쩌면 감기로 몸져누워 있을는지도 모르겠네. 아니 뭐, 이런 날도 있을 테지. 자네도 이참에 조금 쉬면 좋지 않으려나?"

　나는 광장을 나와 갈라타 다리를 건너서 카라쾨이 쪽에 서 있었다. 그러다가 마음을 바꿔서 로쿰*을 사기로 하였다.

　지하철*의 개찰구를 지나 폼에 서니, 둔탁한 소리를 내며 차량이 터널에서 얼굴을 내밀었다. 이 기묘한 탈것은 눈 깜짝할 사이에 콘스탄티노플 역사의 아래층에서 위층으로 우리를 옮겨다 놓았다.

　홀연히 나타난 페라 대로의 안개는 엷었다. 나는 규모

---

* 로쿰……곡물 가루에 꿀이나 설탕을 넣고 반죽한 뒤, 견과류를 넣어 만드는 주사위 모양의 과자.
* 지하철……1875년에 부설된 세계에서 가장 짧은 구간을 운행하는 케이블 지하철. 튀넬.

가 그다지 크지 않을 듯싶은 자그마한 과자 가게를 찾아들어 장밋빛으로 물든 로쿰 한 봉지를 샀다. 막 가게를 나서려던 차에 길 건너의 상점 골목에서 토끼의 꽁무니인 듯한 것이 얼핏 눈을 스쳤다. 로쿰 봉지를 붙안고서, 나는 노면 전차의 차가운 레일을 가로질러 쏜살같이 페라 대로를 건넜다. 상점——아마도 귀금속상으로 짐작되는——의 귀퉁이에서 골목을 살펴보니, 뭉툭한 꼬리가 달린 꽁무니가 바로 앞의 좁다란 십자로에서 오른편으로 숨어들고 있었다. 나는 또다시 달렸다.

그리고 드디어 찾아냈다! 하지만 그곳에서 맞닥뜨린 것은 짤따란 꼬리를 지닌 하얀 털빛의 고양이였다. 찬찬히 뜯어보니 잿빛도 약간 섞여 있는데다가 몸의 덩치에 비하여 머리통이 컸다. 하얀 고양이가 오도카니 기대앉은 등 뒤의 쇼윈도엔 자잘한 카펫 몇 장이 진열되어 있었는데, 도무지 꾸밈새라고는 없어 보였다. 어쩌면 실내가 어두워서 그렇게 느껴졌는지도 모르겠다. 유리문 안쪽을 기웃이 넘겨다보니 불조차 켜져 있지 않았다. 그러다가 무심결에 간판을 올려다보았는데, 거기 'GALLERY

AHMET'라고 영어로 쓰여 있는 게 아닌가!

"저, 너는 이 가게의 고양이니?"

내가 하얀 고양이에게 물었다.

"응."

하얀 고양이는 짧게 답하였다.

"가게가 오늘은 쉬는가 봐."

"응. 이제부터 내내."

"그건 왜?"

"가게 주인이 죽어 버렸으니까."

"뭐?! 가게 주인이라면, 아후메트 씨?"

"응."

"그래, ……그랬었구나."

"응. 갑작스럽게."

"갑작스레?"

"응. 갑자기 쓰러졌더랬어. 이번 달은 재수가 좋아서, 그때까지도 기분이 상당히 좋았거든."

"그래, 그것참 안되었구나……."

"응. 다 어쩔 수 없는 일이지 뭐. 이제부터 주인 없는 고양이가 된 것도 그렇고."

"그래, 아, 그렇겠구나."

나는 어쩐지 뒤가 켕기어 마음이 편치 않아서 돌아가기로 했다.

"저, 이거 로쿰인데, 괜찮으려나? 그런데 네 꼬리는 토끼랑 비슷하구나."

"응. 고마워. 선천적인 거야."

하얀 고양이는 로쿰 봉지를 아주 소중히 받아안았다.

"그럼 안녕."

"안녕."

돌아오는 길에 점쟁이 토끼가 하였던 말들을 돌이켜 생각해 보았다.

——융단상……, 융단상 아후메트는, ……평생토록 쓰고도 남을…… 재산을 모을…… 것이다——

어찌하여 인간의 인생은 이렇듯 얄궂고 하찮은 것일까. 아후메트는 평생토록 쓰고도 남을 만큼의 재산을 분명코 손에 넣었다. 그리고 남은 인생에서 그는 단 한 장의 카펫 대금마저도 다 써보지 못하였다.

토끼의 점을 문자 그대로 해석하니 정확히 들어맞았다.

페라 대로를 지나, 메블라나 테케*를 곁눈질해 보면서 갈라타 쪽으로 나 있는 납작한 돌들이 깔린 비좁은 층계를 걸어 내려갔다.

안개가 다시금 짙어져서 내 모습조차도 분간하기 어려웠다. 다만 꼬리 끄트머리만이 간간이 안개 속에서 삐주룩이 보였다가 안 보였다가 했다.

---

* 메블라나 테케……이슬람 신비 사상인 메블라나 교단의 수행장.

6

점쟁이 토끼가 모습을 보이지 않은 다음날도 안개는 여전했다.

집시 곰 아저씨는 낡은 창유리 너머로 이따금씩 길거리를 바라다보면서 아침 차를 마시고 있었다.

"아무래도 분위기가 심상치 않아. 애국주의자의 전단이 여기저기에 나붙어 있던걸. 술탄*이 연합국의 꼭두각시 같은 존재에 지나지 않으니 말이야. 오스만 제국은 이제 이 지상에 존재치 않아. 광신적인 터키주의자들은 무슨 짓을 저지를는지 알 수가 없고. 어쨌든 거리로 나다닐 때에는 주의를 기울이는 게 좋겠구나."

* 술탄……오스만 제국 황제의 칭호.

"예, 이렇게 안개가 짙으면 어쩐지 조심스러운걸요."

나는 안개 속으로 뛰어들었다. 빠져 나와 이리저리 나뒹구는 납작한 돌들에 발부리를 부딪쳐 가면서 갈라타 탑으로 향하였다.

갈라타 탑도, 내가 머물곤 하는 좁다란 빈 터도, 주위의 석물들도 안개에 반쯤 가리어져 있었다. 어젯밤에 집시 곰 아저씨가 가져온 텔 카다이프* 두 개를 들고서, 갈매기를 기다렸다. 갈매기는 금세 나타났다. 다만 여느 때와 같이 춤추듯 날아내리는 것이 아니라, 다 쓰러져 가는 석물과 돌벽 사이에서 어슬어슬 걸어 나왔다. 걸음을 옮길 적마다 철떡철떡하는 소리가 나는 발바닥은 그야말로 온통 진흙투성이였다.

"지긋지긋한 안개야."

갈매기는 다가와 날개를 파닥파닥하더니 무너진 돌벽의 구석진 자리에 웅크리고 앉았다.

* 텔 카다이프……실처럼 가느다랗게 잘라 만드는 터키풍 파이 과자.

"걷히려면 아직도 멀었으려나?"

"그럴 거야, 일단 안개가 끼기 시작하면 며칠 동안 계속되고는 하니까. 아니, 일주일이나 이주일 동안 계속된 적도 있었어. 이런 계절에는 더욱이나."

"아, 이것 좀 먹어 볼 테야?"

"으음, 감사해. 이런, 카다이프잖아!"

"과자는 못 먹어?"

"아냐, 과자라면 사족을 못 쓰는걸. 그런데 여간해서는 먹어 볼 수가 없어서……."

갈매기는 실눈을 짓고서 순식간에 한 개를 먹어치웠다.

나는 점쟁이 토끼가 어제 나오지 않은 것에 대하여 생각하고 있었다. 정말 감기라도 앓고 있는 건 아닐까. 손에 들린 카다이프를 바라다보고 있자니, 토끼가 이제 다시는 오지 않을 것만 같은 기분이 들었다.

"맛있는걸."

갈매기가 석물을 보면서 말하였다.

"저, 괜찮다면 이것도 마저 먹어."

"아냐, 그것은 고양이 네 몫이잖아. 난 이것으로 됐어."

"나는 집에 가면 또 있으니까."

"그래? 고마워."

카다이프 두 개를 먹고 난 갈매기는 흡족한 표정으로 잠이 들었다. 나는 갈라타 탑을 뒤로 하고, 짙은 안개에 휩싸인 돌길을 걸어 내려갔다.

예니 자미와 이집션 바자르 사이에 끼인 일터가 뿌옇게 흐려 보였다. 희미한 그림자처럼 이어진 정원수들 너머에도 토끼의 귀는 내밀려 있지 않았다.

언제나처럼 그 자리에 멈추어 서서 주위를 둘러보아도 점쟁이 토끼는 자취조차 없었다. 몸을 굽혀 정원수들의 틈서리를 헤치자 잉크병과 펜이 어제 내가 두었던 그대로 변함없이 놓여 있었다.

맡겨 둔 의자를 찾으러 사진관에 갔더니, 예의 사진사는 자그마한 막사 안에서 그리스어판 신문을 읽고 있었다. 내가 인사를 하자 꽤 놀라는 듯한 얼굴이더니 이내 신문으로 눈길을 돌렸다.

"저, 의자를……."

"아, ……. ……점쟁이 토끼는 오지 않은 건가?"

"예, 아직 감기가 낫지 않은 걸까요?"

"아니……, 잠깐만 기다려."

신문에서 어렵사리 눈길을 거둔 사진사는,

"그저께 밤에 범터키 민족주의자 그룹과 다슈나키* 일당 간에 총격전이 있었다는구나. 모두 합해서 아홉 명 정도의 사상자가 났다나 봐. 남은 네다섯 명의 다슈나키는 도망쳐 버린 모양인데, 수상쩍은 것이 그 가운데 한 사람, 기다란 귀를 지닌 동물 모양의 의상을 입은 작자가 있었다는구먼. 정말이지 어이가 없는 기묘한 이야기이지 않니?"

하고 말하였다.

"무슨 까닭이 있는 건가요?"

"아, 동물 모양의 의상 이야기는 어처구니없게 끝나 버렸지만 말이지, 실은 자네의 짝인 토끼 말인데, 이전부터

---

* 다슈나키……아르메니아의 독립을 목표로 1890년에 창설된 다슈나크추티운(연맹)당의 약칭.

소문이 돌았었지."

"네?"

"다슈나키의 비밀 조직에 가담되어 있다는 소문이지."

"다슈나키가 뭔가요?"

"아르메니아인들의 정당이란다. 아르메니아의 독립을
위하여 투쟁하는 무리이지. 아르메니아도 나라를 일으
켜 세우려나 싶었는데, 이제는 존재조차 하지 않으니 말
이야. 볼셰비키와 무스타파 케말 녀석들이 딱 두 동강이
내버렸지 뭐야."*

"그럴지라도 점술가 토끼님은 토끼이지 인간이 아니잖
아요. 토끼님이 인간의 나라를 위해 싸울 리가 있나요?
동물은 동물, 인간은 인간인데."

"아냐, 저간의 속사정은 아무도 모르는 거야. 동물의
생각들이야말로 인간이 어떻게 알아차릴 수가 있겠어.

* 1918년 5월부터 2년간 작은 영토이기는 하지만 다슈나키 정부의
  아르메니아 공화국으로 잠시 독립하여 존재했으나, 1920년 12월
  볼셰비키 정권으로 교체되었으며, 다른 대부분의 지역은 터키의
  영토가 되고 말았다.

다만 걱정스러운 것은, 이 사건이 불길한 일들의 시작이 아니었으면 좋겠다는 거지. 자네는 그 옛날에 일어났던 오스만 제국의 은행 습격 사건을 알고 있으려나? 다슈나키 일파가 갈라타에 있는 제국의 은행을 점거했더랬지. 물론 아르메니아 독립의 프로파간다를 위한 거였어. 뭐? 그러니까 아르메니아 문제로 세계의 이목이 쏠리도록 하려는 거지. 점거한 무리들은 당국과의 교섭으로 콘스탄티노플을 탈출하였단다. 그러나 그 후 분격한 터키인 애국주의자들이 이 거리의 아르메니아인들을 6천 명이나 학살했던 거야."

"그래요, 그런 사건이 있었던 거로군요."

"아, 그런 일들이 다시는 일어나지 말아야 할 텐데. 암울한 시대로고."

"점술가 토끼님이 정말 다슈나키일까요? 그러면 어제의 그 기다란 귀의 의상을 입은 것이 점술가 토끼님이었을까요?"

"아, 저쪽에서 수선화 다발을 팔고 있는 집시도, 저것봐, 저기 나무 아래에서 향유를 팔고 있는 불가리아인도,

모두들 그렇게 말했단다. 다만, 어제의 사건은 신문에 실려 있는 것 정도밖엔 알 수가 없지만 말이야."

"점술가 토끼님은 무사할 테지요?"

"아, 그 의상을 입은 것이 진짜 토끼였는지는 알 수 없지만, 도망자들 가운데 귀가 기다란 자가 있었다고 하니 말이지. 그렇게 생각해 보자면 당나귀의 귀도 기다랗잖아. 그러니 토끼라고는 단언하기 어렵지만서도, ……점쟁이 토끼는 자취도 없이 사라져 버렸고, 소문은 있고 하니……."

나는 하여간에 의자를 가지고 정원수들이 있는 쪽으로 돌아왔다. 그리고 점쟁이 토끼를 기다렸다. 짙었다가 엷었다가, 마치 완만한 물결처럼 안개가 내 뺨을 어루만지고는 하였다.

정오 예배와 오후의 예배가 끝나도록 점쟁이 토끼는 오지 않았다. 길가에 멈추어 선 노인이 낮은 소리로 뭔가를 중얼중얼 외면서 손으로 묵주알을 수백 번이나 돌렸는데도 점쟁이 토끼는 끝끝내 오지 않았다.

나는 펜과 잉크병을 정원수들의 틈서리에 감추어 놓고
서, 의자를 사진사가 있는 곳으로 가져갔다.

"결국 오지 않았군."

사진사는 막사 밖으로 얼굴을 내밀며 불쑥 말하였다.

나는 안개 자욱한 거리를 혼자만의 골똘한 상념에 잠
기어 걷고 있었다.

──점술가 토끼님은 정녕코 동물 모양의 의상을 입지
는 않았다. 나도 동물이니까 진짜인지 가짜인지, 산 짐승
의 털붙이인지 죽은 짐승의 털붙이인지 정도는 얼마든지
알 수가 있잖은가. 그렇다면 인간이 토끼 모양의 의상을
굳이 입어야 할 필요라도 있었던 걸까, 그것도 가장무도
회도 아니고, 생사가 걸린 소동이 한창일 때. ……그렇다
면 점술가 토끼님은 저들의 생각대로 과연 다슈나키 비
밀 조직의 일원이라는 것인가…?

우리 같은 동물들이 어째서 인간들의 국가며 민족들에
아무런 구애됨 없이 지내지 못하는 것일까? 국경선은 제
아무리 잘 감시한다 해도 폭풍우나 이권이나 종교에 의

하여 아주 간단히 본디보다 뻗어 나가거나 잘려 나가거나 하잖은가. 그 뻗어 나가거나 잘려 나간 대지에 내동댕이친 국경선 위를, 오늘도 내일도 군대가 지나쳐 가고 있다. 인간 사회는 증오와 욕망 속에서밖에 존재하지 않으련마는……——

안개 속에서 돌연히 출몰해 대는 마차며 짐수레·군용 트럭 등의 위협에 시달리면서, 이번에는 너저분한 도매 상가를 걸어 나갔다.

어수선산란하지만 조금 인적이 뜸하다 싶은 곳에 이르렀더니, 어느 겨를엔가 작은 모스크 안에 들어서 있었다. 좁다란 안뜰에서 건물 안으로 들어가니, 벽면이 푸른 모양의 이즈니크 타일로 메워져 있었다. 그리고 안개를 뚫고서 가까스로 다다른 미약한 빛이 높은 곳에 낸 격자창을 비집고 들어와 어스레한 예배소의 둥근 천장에 희망을 그려내고 있었다.

네모꼴 타일들을 어울러 붙여서 만들어 낸 커다란 미라브*의 아름다운 꽃무늬가 묘사된 벽면 앞으로 웬 검은 빛 홍두깨 같은 것이 세워져 있기도 했다. 이 공간의 어

스름에 길들기까지, 그것은 여전히 불가사의한 물체 그
대로였다. 가까이 가서 찬찬한 눈으로 살펴보니, 한 마리
까마귀가 고개를 숙인 채 서 있는 모습이었다. 머리에는
고급스러운 아스트라한 모자를 썼고──까마귀의 머리
에 꼭 맞는 길쭉한 형태였다──그 앞쪽으로 속이 얕은
간단한 목판이 받침다리 위에 놓여 있었는데, 그 안에 돌
돌 감아 싼 종이들이 아무렇게나 나뒹굴고 있었다.

"저, 여기서 무얼 하고 있는 건데?"

내가 말을 걸었다. 까마귀는 그 작은 머리를 쳐들더니,
모자 밑에서 검은 눈빛으로 이쪽을 내려다보았다.

"제비점을 보아 주고 있어."

"이런 곳에서 영업을 해도 괜찮아?"

"들키지만 않으면 괜찮아. 게다가 이것은 신의 뜻을 알
려 주는 거라서."

"그래? 뭐 그렇기는 하지만서도."

"고양이 너도 점쳐 볼 테야?"

* 미라브……모스크의 네 벽 가운데 키블라, 곧 메카 방향의 벽에
  있는 기도 벽감(壁龕).

"어떻게 하는 건데?"

"이 종이 경단들 가운데서 하나를 골라잡는 거야. 하나에 1파라고."

"아, 그래."

나는 당장에 바로 앞에 있는 종이 뭉치를 집어들었다. 종이치고는 꽤 묵직했다.

"그것으로 할 거지. 그걸 펼쳐 봐."

꾸깃꾸깃 구겨질 대로 구겨진 종이 뭉치를 펼치자 속에서 작은 돌멩이가 나왔다.

"이 돌멩이가 신의 뜻이라는 거야?"

"아냐, 그것은 누름돌일 뿐이고. 그 종이에 뭐라고 쓰여 있잖아."

꾸깃꾸깃한 종이를 펴자 무슨 글자가 쓰여 있긴 했다.

"이 히타이트의 설형 문자 같은 것이 그거야?"

"그래."

"까마귀 너는 이런 고대 문자도 쓸 줄 알아?"

"간단해. 발바닥에 잉크를 묻혀 가지고 걸어다니기만 하면 그만인걸."

"아, 과연. 그런데 이걸 읽을 수가 없으니……."

"그대는 괴로워 마라, 인생은 영원 회귀하나니…… 라고 쓰여 있는데."

까마귀가 얼른 읽어 주었다.

"무슨 의미지?"

"그러니까 지금 살고 있는 인생이 고스란히 그대로 반복된다는 거야. 인생은 단 한 번만이 아니라, 그러니까 몇 번이고 같은 것들을 즐길 수 있다는 의미인 거지."

"그렇지만 아주 똑같이 되풀이된다면 지루하지 않겠어. 그냥 연장된 것일 뿐이잖아. 모든 것이 되풀이되는 듯하지만, 결코 되풀이되는 것이 아닌 거겠지."

"그럴 테지. 이것은 인간용 제비였으니까. 그렇다면 다른 걸 골라 볼 테야?"

나는 까마귀에게서 가까운 쪽의 종이 경단을 집어들었다.

"이것 역시 읽지 못하겠는걸."

"아, 그렇군. 이것은…… 인생은 하나의 실험에 지나지 않다…… 라고 하였네."

"재미없어."

"그럴 테지. 이것도 인간용이었으니까. 다른 걸 뽑아 볼 테야?"

"그러면 이걸로."

"그대, 영원이여. 나는 사랑한다, 영원을…… 꽤 좋은 데."

"점점 더 재미없군."

"아, 그러면 다른 걸 뽑아 볼 테야?"

"그러면 그쪽 것으로."

"아, 이것은 ……한 남자가 산에서 내려와, '내가 이제 막 신을 죽여 버렸노라. 그대들은 해방되었다. 이제 자유다' 하고 외쳤다. 그러자 군중이 하나같이 기뻐하며, '고마우셔라, 이제부터는 당신을 믿으며 살아가겠소이다, 신으로서' 하고 화답하였다. ……라고 쓰였네."

"그게 어떻다는 거야?"

"아, 재미없어? 그러면 이것은 어때?"

드디어 까마귀는 직접 종이 경단을 골라서 읽기 시작했다.

"한 마리 까마귀가 숲에서 튀어나와 인간들 앞에서 말하였다. '이제 막 신을 죽여 버렸습니다. 이로써 당신들 인간은 자유의 몸이 되었습니다.' 그러자 인간들이 몰려들어 까마귀를 흠씬 두들겨 팼다. ……이것은 재미있으려나."

"……저, 이런 것들은 죄다 까마귀 네가 만든 거야?"

"아니, 그냥 까마귀가 아니고 떼까마귀거든."

"아, 알았어. 떼까마귀 네가 만든…… 거……, 뭐 떼까마귀라고?"

"그렇다니까."

"혹여 러시아라든가에서 행상을 다닌 적은 없니?"

"그런 적 없는데. 무거운 물건들을 등에 잔뜩 지고 다니는 걸 아주 싫어해서 말이야. 종이 경단과 목판과 모자만이 내 전 재산인걸."

"그래……, 어디선가 만난 적이 있는 듯한 느낌이 들어서……."

"대개의 까마귀들이 잘 구별되지 않아서일 거야. 그저 검다는 연유로. 모든 것이 되풀이되는 듯하지만, 결코 되풀이되는 것이 아닌데도 말이지.”

“그 말은 내가 하였더랬는데.”

“아, 그랬지.”

떼까마귀는 연이어서 종이 경단들을 일일이 펴 보며 동물용 제비를 찾고 또 찾았으나, 쓰여져 있는 신의 뜻이란 어느것을 막론하고 진부하기 이를 데 없는 내용들뿐이었다. 마침내 그 하나까지 남김없이 펴 보았지만 동물용은 존재하지 않았다.

“이상하네. 동물용도 만들었는데.”

“아, 이제 됐어.”

하고 내가 제비 점값을 지불하려니,

“아냐, 인간용밖에 없어서 나야말로 미안한걸.”

하며 받으려 들지 않았다.

그러더니 “영업 도구라서 말이지” 하고 혼잣말로 중얼거리면서, 떼까마귀는 돌맹이들 하나하나에 다시금 그 종이들을 돌돌 감아 입히기 시작했다. 그 모습을 지켜보고 있자니, 검은 구레나룻에 몸엔 헐렁헐렁한 터키 바지를 걸친 검소한 옷차림의 사내가 옆쪽에서 불쑥 나타났다.

"제비를 뽑아도 되겠지?"

사내가 물었다.

나는 영업에 지장을 주지 않으려고 그 자리를 떴다. 예배소의 출구까지 왔을 때, 아무런 생각 없이 돌아다보니 사내가 손으로 구레나룻을 쓸어 어루만지면서 연방 고개를 끄덕이고 있었다. 나는 어쩐지 우스꽝스러운 느낌마저 들었다. 그러고 보면 의외롭지만 인간을 상대로 하는 영업이 보다 쉬울는지도 모르겠다. 그러다가 귀로에서 어떤 생각이 언뜻 떠올랐다.

——나는 점술가 토끼님처럼 바로 그 자리에서 인간의 미래를 읽을 수가 없다. 그러므로 미리 써두는 거다. 어떠한 식으로든 풀이해 줄 수 있는 애매모호한 말로. 그러면 얼마간 들어맞힐는지도 모른다. 손님들은 모름지기 자기 좋을 대로 미래를 마음속에 그리게 되어 있으니까——

언젠가 점술가 토끼님이 돌아올 때까지 어떻게든 영업을 계속해 나가야만 한다. 그래, 언젠가는 기필코 돌아오리라……고 굳게 믿었다.

    나는 일터에 이르러 정원수들의 틈서리에서 펜과 잉크
병을 꺼내 가지고 갈라타 다리로 향하였다. 안개는 여전
히 짙었지만, 저물녘의 양광이 안개와 섞이어서 모스크
의 석벽을 어여쁜 연분홍빛으로 물들이고 있었다.

7

    그날 밤, 나는 내 나름대로 심혈을 기울여 점치는 데 나
타날 수 있을 만한 멋진 문구들을 길게길게 써내려갔다.
다만 깊이 생각지는 않고 마음 가는 대로, 생각나는 말들
을 내 멋대로 열거하였다. 그을음이 까맣게 낀 남포등
속에서 불꽃은 밤이 이슥토록 홀로 춤을 추었다. 집시 곰
아저씨는 피곤에 지쳤는지 코조차 골지 않고 잠에 곯아
떨어져 있었다. 창유리를 두드려 대던 바람도 잦아들고,
2층의 황새가 발하는 야릇한 잠꼬대 소리만이 어쩌다가
들려올 뿐이었다.

    나는 혼신의 노력을 다하여 글쓰기를 계속했다. 점치
는 데 쓰일 문구라는 것마저도 잊고서. 이윽고 새벽 기도
시간을 알리던 아잔의 여운이 창틈을 빠져나가면서 내

귀를 간질일 때, 나는 조용히 잉크병의 뚜껑을 닫았다.

갈매기는 기다리다 못해 지쳤는지 안개 속에서 잠들어 있었다.

얼마쯤 시간이 흐른 뒤, 우리는 여느 때와 다름없이 허물어져 가는 돌담 위에서 시미트를 먹었다.

"참깨가 조금뿐이네."

갈매기가 퍼서석거리며 먹으면서 말하였다.

"음, 게다가 상당히 짠걸."

나도 한마디 보탰다.

"그 그물자루에 들어 있는 종이 나부랭이들은 다 뭐야? 꽤 많이 담겼는걸."

"아, 이것들은 점칠 때 소용되는 거야."

"점칠 때?"

"그래, 점술가 토끼님이 자취를 감추어 버린 바람에 하는 수 없이 나 혼자서라도 점치는 일을 해보려고 궁리해 낸 거야. 그렇더라도 점술가처럼 바로 그 자리에서 문득 생각이 나거나, 어떤 생각을 떠올릴 만한 능력이 내게는 없기 때문에 이렇게 미리 써서 만들어 놓을 요량으로."

"점치는 말들을 써두었다고?"

"그래."

"대단한걸."

하고 추어주며, 갈매기는 다시금 퍼서석거리면서 먹기
시작했다. 빵 부스러기가 여기저기로 흩뿌려졌다.

나도 한입 베어 먹었다.

"오늘도 안개야."

큼지막한 덩어리를 입에 물고 있는 터여서, 갈매기는
쉽사리 대답하지 못하였다. 그러다 간신히 "음" 하고 응
수했다. 틀림없이 배가 몹시 고팠을 것이다.

다 먹고 난 나는 석물들 사이사이에 나뒹구는 돌멩이
들을 주워 모았다. 그것들은 마치 더는 쓰일 데가 없는
인간들의 삶의 잔해처럼 여겨졌다. 돌멩이들은 저마다
의 차가운 겨울 세계에 틀어박힌 채 손바닥으로 따뜻이
감싸 주어도 잘 나오려 들지를 않았다.

점치는 문구들이 적힌 종이를 꾸깃꾸깃하게 구겨서 돌
멩이들을 휘감아 쌌다. 모조리 그렇게 감싸서 담았더니

그물자루가 꽤 묵직했다.

선 채로 오롯이 잠이 든 갈매기를 남겨두고, 축 처지도록 돌멩이들이 잔뜩 담긴 그물자루를 들고서 갈라타의 비탈길을 내려갔다. 우울한 안개는 갈라타며 페라·스탐불·구시가지·신시가지·금각만·보스포루스·콘스탄티노플을 통틀고, 흑해며 크리미아·카프카스·발칸 등지까지 뒤덮고 있을 것이 분명했다. 대지도 바다도, 호수며 습지도, 그리고 초원에 외따로이 서 있는 오두막도, 그 오두막을 가만가만히 에워싸고 있는 산사나무며 개암나무 숲들도, 온통으로 이 안개 속에 잠겨 있을 터였다.

이윽고 아련한 바다 내음이 코끝을 스치고, 무적 소리가 아렴풋이 간헐적으로 울려드는 갈라타 다리를 건넜다.

다리를 건넌 노면 전차는 삐거덕삐거덕 바퀴 소리를 남기면서 굽이돌아 가고는 했다.

다시 안개다.

에미노뉴 광장.

언제나의 그 일터이건만 토끼의 귀는 여전히 보이지 않았다. 나는 사진관 쪽으로 걸어갔다.

"늦었군. 이제 일을 그만두려나 싶었는데. 점쟁이 토끼 또한 보이지 않고 해서."

"어제 밤을 새우다시피 했거든요."

"오호라, 러시아를 추억하다가 그리되었나 보군. 이 도시에서 살아가는 무리들 모두가 그렇지. 이곳은 말이야, 인생의 여정중에 잠시 들렀다가 가는 그런 곳이라. 하지만 그렇게 생각하는 것은 그 자신들뿐이야. 인생의 여정중이기는커녕 사실은 이미 인생의 끝판에 와 있는 거지. ——나는 지금 뜻하지 아니하게 이 도시에 머물러 있는 거다, ——나는 내달이면 이곳을 떠날 테다, ——나는 봄이 오면 이 도시를 벗어날 테다, 언젠가는, 언젠가는 해대면서 그 언젠가 속에서 살아가고 있는 거야. 이봐, 바로 이 안개도 언젠가는 걷힐 테니, 그때는 정녕히 출발하리라고 마음먹었다손 치더라도 이렇게 안개가 끊이지 않고 계속 이어져서야 원. 그리하여 이 도시는 우리를 영영히 가두어 둘 수가 있는 거지.

하지만 말이야, 그것은 사실 우리 자신들이 바라고 있는 바인지도 몰라. 인생의 출발을 자꾸만 지연시키는 것 말이야. 아무튼 이 도시는 우리가 영원히 떠나지 못하도록 붙들고 놓아 주지를 않으려 해. 어째서인지 알 순 없지만서도."

"저, 의자랑, 그리고 괜찮다면 그 널빤지 두 장만 빌려 줄 수 있나요?"

"아, 그렇게 하려무나. 어? 혼자서 일을 해보려는 거야?"

"예, 먹고 살아가려니."

"그건 그래. 좋아, 옜다."

사진사는 의자와 함께 널빤지 두 장을 흔연히 내주었다.

정원수들의 앞쪽에 의자를 내려놓고, 땅바닥에 널빤지 두 장을 깔았다. 그 널빤지 위에다 떼까마귀가 이름지어 붙인 종이 경단들을 늘어놓았다. 그리고 점쟁이 토끼처럼 의자에 걸터앉아 보았다. 앉아 있기도 거북하고, 어쩐지 자연스럽지가 못했다. 급기야 목청을 돋워 외쳐 보건마는 아무리 하여도 생각만큼 목소리가 나오지 않았다.

"점쟁이……"   "……이에요."

"예니……"   "고양이에요."

막상 혼자서 하려니 마음 한구석이 조마조마했다. 안개가 내 앞을 떠돌아다녔다. 나는 한 번 더 작은 목소리로 소곤거리듯이 말하여 보았다.

"점을 쳐 드립니다아……."

          "예니의 점치는…… 고양이랍니다아."

안개가 내 앞을 가로질러서 흘러갔다.

"점을 쳐 드립니다아~, 예니의 점치는 고양이……."

이번에는 조금 큰 목소리가 나왔다.

안개 저편에서 사람의 그림자가 떠올랐다가 사라졌다.

"점을 쳐 드립니다아~, 예니의 점치는 고양이랍니다아~."

등 뒤의 꽃 시장에서 수선화 향기가 감돌아들었다가, 내 가까이에서 홀연 안개에 희석되어 버렸다. 모스크 부근에서 사람의 그림자가 움직였다.

"점을 쳐 드립니다……, 예니의 점치는 고양이랍니

다……."

목소리가 다시금 안으로 기어들었다.

나는 점쟁이 토끼가 하였던 말을 기억해 냈다.

──멀리서 아련히 울려오는가 싶으면서도 가까운 어딘가에 있는 듯하게. 쓸쓸하고 허전한 마음에 스며들 듯이, 그리움이 사무치는 목소리로 불러 보는 거야──

"점을 쳐 드립니다아~, 예니의 점치는 고양이랍니다아~."

잠시 뜸을 들였다가 또다시 소리를 내어 보았다.

"점을 쳐 드립니다아~, 예니의 점치는 고양이랍니다아~."

어깨를 움츠린 사내가 눈앞을 지나쳐 갔다. 뒤쪽을 돌아보니 꽃 시장의 노점에 수선화가 산더미로 쌓여 있었다. 나는 재차 그 향기에 휩싸이고 말았다.

"점을 쳐 드립니다아~, 점치는 고양이……."

"점을 좀 쳐 보았으면 싶은데……."

"아, 네…… 어떤……."

"……글쎄다, 팔레스타인으로 이주를 해야 하나 말아

야 하나……."

"아, 귀하께서는 유대인이시로군요."

"그건 그렇네만, 그게 뭐란 말인가?"

"뭐 별다른 것은 아니랍니다. 널빤지 위의 종이 경단을 하나 골라 주실래요."

남자는 이것저것 만지작거리다가, 결국에 가서는 맨 처음 고르려다 말았던 종이 경단을 다시금 집어들었다.

"그 종이를 펼쳐 보세요."

꼬기작꼬기작 구겨진 종이에서 작은 돌멩이가 나왔다. 남자는 종이는 그대로 내던져 버리고서, 야릇한 표정으로 돌멩이를 물끄러미 바라다보았다.

"이것은 뭔가? 이 작은 돌멩이에 뭔가 신비스러운 힘이라도 어리어 있다는 겐가?"

"아뇨, 종이를 그렇게 내던져 버리시면 안 돼요."

남자는 더욱더 야릇한 표정을 지어 보이면서 내던져 버렸던 종이를 주워 들었다.

"거기에 쓰여 있는 것이 질문에 대한 답이랍니다."

"뭐야 뭐, 이게 대체 어느 나라 언어람?"

남자는 가슴주머니에서 안경을 끄집어냈다.

"러시아어인가, 이건…… 잘 모르겠는걸. 읽을 수가 없지 않은가."

"그럼 제가 읽어 드릴게요."

"길은 두 갈래로 갈리어 있었다. 어느 한쪽을 선택하더라도 큰 차이는 없을 거라고 여기면서, 나는 카드를 꺼냈다. 하트와 스페이드와 클럽과 다이아몬드의 4개 패, 숫자는 아무렇든 상관없었다. 하트가 나오면 오른쪽으로, 스페이드가 나오면 왼쪽으로 마음을 정하였다. 하트의 킹 카드만이 가장자리가 조금 해어져 있었다. 클럽과 다이아몬드가 나오면 또다시 되풀이하면 된다.

몇 차례 뒤섞고 나서 그 가운데 한 장을 뽑아낼 심산으로 눈을 감고 카드를 고르자니, 가장자리가 해어진 카드가 손끝에 닿았다.

나는 마침내 오른쪽 길로 나아갔다……."

"무어라고 하는 것인가, 그게? 무얼 말하려는 것인지 도무지 알 수가 없군그래. 처음부터 그렇게 정하여져 있는 거라면 누가 점 따위를 믿으려 하겠나?"

남자는 가지고 있던 돌멩이를 홱 던져 버리고는, 붉으락푸르락 성난 얼굴빛을 하고서 자리를 떴다. 몇 발자국쯤 그렇게 내처서 걸어가다가 무슨 생각에서인지 걸음을 돌려 동전을 내 쪽으로 냅다 내던졌다.

안개에 스러져 가면서, 그 안개 속에서 "이러니까 옛부터 고양이를 싫어했던 거야" 하고 투덜거리는 남자의 목소리가 울리어 들려왔다.

"점을 쳐 드립니다아, 예니의 점이랍니다아……."

의자에 앉아 있기란 여전히 거북살스럽게만 느껴졌다.

"점을 쳐 드립니다아, 예니의 점치는 고양이랍니다아~."

그래도 적으나마 생기가 돌았다. 하지만 그뿐, 손님은 찾아들지 않았다.

얼마나 오랫동안 이렇게 있었던 것일까? 정오 예배를 알리는 아잔이 모스크와 바자르 골짜기에 메아리치고 있다. 이따금씩 지면에서 내쫓기듯 비둘기들이 안개 속을 날아오르면, 뒤이어 예배를 드리러 오는 일단의 무리들이 들어서곤 하였다. 그리고는 메카를 향하여 머리를 조아렸다. 지상에도, 천상에도, 신 따위는 그 어디에도 없건마는. 미라브를 향하여도 머리를 조아렸다. 모스크의 돌벽에 지나지 않건마는.

"넌 예배하러 가지 않아도 괜찮은 거야?"

"아냐, 할 수 있을 때면 하는 거지. 부득이한 경우엔 괜찮아. 쿠란*에도 그렇게 기록되어 있으니까."

"진짜로? 넌 유럽인 이상으로 서구적인 사고 방식을 지니고 있단 말이야. 도무지 어디까지가 본심인지를 모르겠어, 너라는 녀석은. 이키, 이 고양이는 대체 뭐람? 기묘하기도 하지. 터키에서는 이렇듯 동물이 장사를 하는 것이 보통 흔히 있는 일인가 보네."

"아니 이런, 고양이 아냐. 여보게나, 무얼 팔고 있는 겐

* 쿠란……이슬람교의 성전(聖典)인 《코란》을 일컬음.

가?"

"팔고 있는 게 아니라 점쳐 주는 일을 하고 있답니다
……."

"아무래도 점괘를 쉽게 풀어서 써 놓은 종잇조각 같은
걸. 그렇긴 한데, 나도 이 도시에 태어난 지 30년이 다 되
어가지만 이런 경험은 처음이야. 고양이의 점이라. 뜻밖
인걸, 등잔 밑이 어둡다더니만. 파리 같은 데서라면 어
떨까? 갖가지 예술을 하는 무리들이 모여드는 곳이니 말
이야. 동물 점이라는 것도?"

"아니……, 새가 길흉을 점치는 제비를 뽑는 걸 본 적
은 있는 듯하지만, 고양이의 경우는……. 뭐, 모처럼 영
광의 콘스탄티노플 구경이라도 나설까 싶은데, 시작해
볼 테야? 어때, 오늘 하루 통역을 겸한 친절한 가이드가
되어 줄 수 있으려나?"

"하하하하하, 물론이지."

"좋아, 그렇다면 나의 미래를 점쳐 보자고. 어쩌면 이
아름다운 오리엔트 도시의 어딘가에, 네 개의 구석진 방
들로 에워싸인 소파*가 있는 집에서 살게 될는지도 모

르잖아. 그 소파에서는 카프카스 지방의 푸른빛에 맑고 투명한 신비로운 눈을 지닌 여성이 우수에 찬 얼굴로 물파이프를 입에 물고 있는 거야. 달아낸 창문은 모조리 촘촘한 격자로 에둘러친, 우리는 그 영원의 공간에 감금되어 있는 거지, 하하하하하. 이렇게 되면 굳이 점을 쳐야 할 필요가 없잖아. 생뚱맞게도 내 점을 내가 치고 말았네."

자못 고급스러워 보이는 옷을 잘 갖추어 입은 두 사람은 내 앞에 머물러 있었다. 두 사람 다 페즈를 썼고, 코밑수염을 길렀다. 젊고 건방진 듯한, 그런데도 묘하게 매우 침착한 태도를 보이고 있었다. 이를테면 자신만만해 보인다거나 야심가 같아 보인다고 해야 할까?

가이드 역을 맡은 터키인인 듯한 자가 내 쪽으로 몸을 구푸렸다.

"큰고양이 군, 말은 알아들을 테지? 점을 좀 쳐 볼까

---

* 소파……각 방을 연결하는 커다란 복도 같은 공간. 외부로부터의 시선이 차단되는 이 장소에서 일상 생활의 거의 대부분을 꾸려 나간다.

싶은데. 아니, 내가 아니라 이쪽 프랑스 친구 말이야. 그런데 어떻게 하면 되려나? 아, 점쳐 보려는 건 이 친구의 장래에 대해서야. 이이는 말이지, 장차 우리나라에서 아주 중요한 인물이 될성부르거든."

"앞일을 헤아릴 수가 있다면, 구태여 점까지 칠 필요는 없지 않을까 싶은데요……."

"하하하하하. 그건 그래. 아니아니, 이거 내가 졌군. 그런데 여보게나, 대체 이 일을 그저 심심풀이로 해보는 겐가, 아니면 즉흥적 장난질인 겐가? 자네도 참 장삿속이라고는 없군. 이 거리의 장사치들은 모두가 상술이 아주 뛰어나던데. 손님을 추어주지 않으면 아무래도 돈벌이가 신통치 않을걸."

"정히 그렇다면 널빤지 위의 종이 경단들 가운데에서 하나를 집어 보세요. 아뇨, 프랑스 친구분께서. 그리고 종이를 펼쳐 보세요. 그것이 답이랍니다."

코밑수염의 프랑스인이 짐짓 점잔을 빼면서 종이 경단을 손끝으로 집어올렸다.

"이보게나, 이건 그냥 돌이잖나!"

"아니, 거기에 쓰여 있답니다. 아뇨, 돌이 아니라 종이에."

"오호라, 이것은 러시아어로군. 더러 아는 글자가 눈에 띄기도 하지만, 완벽히는 알 수가 없겠는걸……."

"그렇다면 제가 읽어 드릴게요. 터키어로 옮겨서."

"오호라, 그거 멋지군! 확실히 이곳은 국제 도시다워. 고양이가 러시아어와 터키어를 알다니! 염려 마, 나는 터키어를 잘 아는 셈이니까. 자, 읽어 주시지요?"

"구슬픈 이 곡조는 어디에서 울려드는 것일까?

옛 친구가 부는 휘파람이런가?

길고 긴 시간이 흘러 그 노랫말을 아는 이 하나 없으니, 이제 그 노래의 의미조차도 확인할 길이 없다네.

하지만 뭔가를 부르고 있지.

혁명가이려나?

아니면 오케스트라의 서주부?

기나긴 세월의 더께가 앉은, 그 먼지투성이 속에서 지금은 나 홀로 이렇게 듣고 있다네.

축음기는 맥없이 최후의 회전을 되풀이하면서, 영원

회귀한 적 없는 음향을 끝없이 들려주고만 있지."

손님들은 잠시간 아무 말 없이 가만히 있었다.

"여보게나, 이것이 점인 겐가? 이것이 이 손님의 장래와 무슨 관계가 있다는 겐가?"

터키인 쪽이 약간 퉁명스러운 어조로 침묵을 깨뜨렸다.

"에구구, 터키의 고양이는 시 같은 것도 쓸 줄 아나 보네. 조금 정신이 이상해진 고양이인가 봐. 아마 음식물을 제대로 먹지 못해서 그럴 거야. 이제 그 정도로 하고, 점을 쳐 준 값이나 지불하고 돌아가지. 뭐, 하다못해 하렘의 미녀 정도가 읊어 주는 시였더라면 그나마라도 좋았을 텐데 말이야."

"너네 나라는 정말이지 불가사의해."

안개 저편에서 프랑스인 특유의 뉘앙스가 풍기는 터키어가 새어 나왔다.

"정말 이런 일들을 가리켜 전설, 아니 소설 같다고 하는 건가? 어, 넌 어떻게 생각해……."

"……아냐, 저건 이 나라의 고양이가 아닐는지도 몰라

……. 어쩐지 마음이 울적해지는데, ……한잔하러……
가야지…….

"……본래는 말이야, ……고양이가 지껄인 소설 따위
는 말이지……문학이……아니야…….

두 사람의 발소리가 주위에 기묘한 울림을 퍼뜨렸다.
구두 밑바닥에 고급스런 가죽 창을 대었기 때문이리라.
부산을 피우던 구둣발 소리가 멀어져 가는가 싶더니 이
윽고 고요가 찾아들었다. 간헐적으로 수선화 향기가 온
몸을 휩싸고 돌았다.

그리고 안개. 나는 꿈속에 있는 듯했다.

추위는 거의 느껴지지 않았다. 작게 목소리를 내어 보
았다.

"점을 쳐 드립니다아~, 예니의 점치는 고양이랍니다
아~."

속삭이듯이, 쓸쓸한 마음을 저미듯이, 멀리 있는가 싶
으면서도 가까운 어딘가에 있는 듯 그리움이 사무치는
목소리로.

"점을 쳐 드립니다아~, 예니의 점치는 고양이랍니다

아~."

나의 목소리는 메아리가 되어 되울려오는 아잔보다도
몇 배나 더 아름답게 울려 퍼졌다.

"점을 쳐 드립니다아~, 예니의 점이랍니다아~."

"점을 쳐 드립니다아~." "점치는 고양이랍니다아~."

손님은 그것을 끝으로 다시는 오지 않았다.

나는 두 닢의 경화 가운데 하나를 사진사에게 건네고,
종이 경단이 담겨 축 늘어진 그물자루를 손에 들고서 갈
라타 다리를 건넜다.

8

12월 24일 아침, 안개는 얼마쯤 엷어져 있었다. 하지만 날씨는 몹시도 차가웠다. 북쪽의 한기가 남하한 탓이리라. 러시아의 평원은 얼음장처럼 온통으로 얼어붙어 버린 눈들 아래에 감추어져 있을 게 분명했다. 그리고 이제부터는 추위가 점점 더 기승스레 굴 터였다.

나는 갈라타 탑 아래의 빈 터에서 갈매기를 기다렸다. 무너져 내린 돌벽은 아주 차갑게 얼어 있었고, 쓰러져 가는 석물 사이로 바람이 지나가고는 했다. 안개가 걷히어 갔다. 사랑하는 이의 죽음 앞에 바쳐진 수선화들은 얼마쯤 흩날리다가 기어이 널브러져 버렸다. 석물에 새겨넣은 장미 문양들도 기나긴 세월의 풍파 속에서 미미한 흔적만을 남기고 있었다. 올려다본 갈라타 탑이 가리키는 하늘을 우러르니, 걷혀 가는 안개 사이로 언뜻언뜻 푸른 빛이 내비치고 있었다. 대기는 급속한 변동을 맞고 있었다. 시미트를 쥔 손이 이내 곱아들기 시작했다. 그리고, 아무리 기다려도 갈매기는 나타나지 않았다.

나는 하는 수 없이 반 조각으로 가른 시미트를 허물어져 가는 돌벽 위에 놓아두고서 갈라타 지구를 걸어 내려갔다. 틀림없이 바람이 들이불지 않는 곳에서 몸을 잔뜩 웅크린 채 날개깃을 부풀리고 있거나, 어떻게든 맛있는 먹이를 찾아내어 배불리 먹고서 잠들어 있을 터였다. 급경사를 이루고 있는 돌층계 앞으로 짧은 겨울 햇살을 받은 금각만의 잔물결들이 뽐내듯 일제히 은빛의 물비늘을 일으키며 반짝이고 있었다.

카라쾨이에서 갈라타 다리를 건널 즈음엔 바람이 더한층 차갑게 느껴졌다. 그물자루가 죄어들어 손바닥이 욱신욱신 아파 왔다. 노면 전차는 날카로운 금속성을 발하면서 힘껏 내달려 주변 사람들을 앞질러 나아가고는 했다. 그것이 다리를 건너는 이들에게 더한 추위를 타게 만들었다.

갈라타 다리를 다 건넜을 때에는 하늘의 푸른빛 창은 감쪽같이 사라져 버리고, 잔뜩 찌푸린 구름장들만 온 하늘을 뒤덮고 있었다. 그 때문인지 바람이 좀처럼 그치지 않았다.

에미노뉴 광장에는 늘 그러하듯 예의 그렇고 그런 패거리들이 어지러이 흩어져 있었다. 비둘기 먹이를 파는 장사치들과 장신구를 파는 이들, 또 걸인들, 향유 장수며 묵주 장수, 꿍얼꿍얼 소리쳐 대는 늙은이, 아무런 이유 없이 기세를 올려 한바탕 소리를 지르다가 흩어지는 러시아 난민들, 그리고 이들을 그저 냉담히 지켜보고만 있는 일도 삶의 목적도 없는 자들. 그러나 예니 자미의 돌층계 가까이로 다가가던 나는 뜻밖의 새로운 얼굴을 발견하고 말았다.

돌층계 바로 앞에서, 커다란 몸집의 살찐 비둘기가 의자에 앉아 이제 막 영업을 시작하려는 참인 듯했다. 흡사 그 떼까마귀가 사용하였던 것과 똑같은 모양의 나무 받침대 위에 촘촘히 칸을 지른 상자가 놓여 있고, 그 칸칸

마다에 자그맣게 접힌 종이가 들어 있었다. 그리고 그 상자의 가장자리에는 작다란 몸집의, 아니 보통 크기의 또 다른 비둘기가 앉아 있었다. 그랬다, 그것은 비둘기가 제비를 뽑아 주려는 모양새였다.

어떤 식으로 영업을 해 나가는지 자못 흥미가 난 나는 돌층계 귀퉁이에 걸터앉아서 그 비둘기들이 어떻게 하는가를 유심히 살펴보았다. 다른 비둘기들은 있지도 않은 먹이를 찾아서 광장 여기저기를 쏘다니고 있었다. 싸늘하게 굳어 있는 광장에 한바탕 바람이 지나갔다. 모스크의 돌층계가 냉기를 빨아들이는 터여서 오래 앉아 있을 수도 없는 노릇이었다.

자리를 털고 일어나려는데, 커다란 비둘기가 있는 곳으로 손님이 찾아들었다. 큰 비둘기가 날개로 돈을 받아들이자, 작은 비둘기가 상자 위를 느릿느릿 걷다가 그 부리로 조그맣게 접은 종이쪽 하나를 멋대로 물어냈다. 손님이 그것을 받아들고서 펼쳐 읽었다. 그러더니 싱글싱글 웃으면서 떠나갔다. 실로 놀라운 일은 이내 다음 손님이 나타난 것이었다. 비둘기들은 같은 동작을 반복했고,

손님은 제비를 받아들더니 훔쳐보는 이도 없건만 두 손으로 그것을 감춰 가면서 열심히 읽어 나갔다. 그러더니 또 그렇게 싱글싱글 웃으면서 떠나갔다.

커다란 몸집의 비둘기는 그저 의자에 앉아서 제비뽑기 대금을 매처럼 재빠르게 낚아채고 있을 뿐이었다. 어떻게 저렇듯 손님들이 모여들 수가 있는 거지? 무슨 제비이기에 꿈 같은 미래를 그려 볼 수가 있는 것일까?

어쨌든 일당의 영업은 잘 돼갔다. 그러나 나는 틀에 박힌 진부한 인간의 미래 따위를 써댈 수는 없을 것 같았다. 아무래도 나는 점치는 일에 어울리지 않는 성싶었다. 묵직한 그물자루 속에서 돌들끼리 가볍게 부딪치는 소리가 났다.

바람에 떠밀려 일터까지 마지못한 걸음을 했다. 꽃 시장에는 인적이 드물었다. 오늘이 금요일인가? 나는 요일조차 잊고 말았다.

사진사의 자그마한 막사가 있는 곳으로 가보았으나, 공교롭게도 그리스인은 부재중이었다. 출입구를 대신해서 드리워 놓은 낡삭은 천을 젖히고 의자와 널빤지를 찾았다. 널빤지는 바로 눈앞에 비스듬히 세워져 있었지만, 의자는 보이지 않았다. 아니, 찾고 싶은 마음조차 생기지 않았다. 그 의자는 어쩐지 거북살스러웠으므로. 먼지를 뒤집어쓴 책상 위에는 뒤죽박죽으로 흐트러진 그리스 문자의 신문들이며 빈 컵, 무슨 내용이 실린 것인지 도무지 알 수 없는 그리스 문자투성이의 광고지 뭉치 등이 내가 불러들인 찬바람과 얼러붙어서 지저분하고 어수선하게 휘덮여 있었다.

정원수들이 들어서 있는 곳으로 돌아와 널빤지들을 깔고서 종이 경단들을 얹어 놓았다. 오늘은 선 채로 일을 해볼 요량이었다.

"점치는……."

"점치는 고양이랍니다아."

예상대로 좀처럼 소리가 나오지 않았다. 점쟁이 토끼와 함께할 적에는 그리도 쉽게 나왔건마는.

"점을 쳐 드립니다아, 예니의……."

"점을 쳐 드립니다아~, 예니의 점치는……."

다시 한번 시도해 보았다.

"점을 쳐 드립니다아~, 예니의 점치는 고양이……."

하늘을 가득 메운 두꺼운 구름장 때문인지 사위가 온통 짙은 어둠에 휩싸여 있었다. 그리고 지상에서 이는 차가운 바람이 나의 우울을 한층 어둡고 무겁게 만들었다.

"점을 쳐 드립니다아~, 예니의 점치는 고양이랍니다아~."

"저 말이지, 점치는 고양이라는데, 우리도 점이나 한번 쳐 볼까, 응?"

"쉬이! 성가시게 굴지 말고! 자, 어서! 꾸물거리지 좀 마, 쉬이!"

"점을 쳐 드립니다아~, 족집게 점쟁이랍니다아~."

"점치는 고양이라고? 누가 고양이의 점 따월 믿을까 보냐, 쳇!

"점을 쳐 드립니다아, 예니의 점치는 고양이랍니다아
~."

"······················"   "······················"

"점을 쳐 드립니다아~, 고양이의 점이랍니다아~."

"점을 쳐 드립니다아~, 예니의 점치는 토끼, 아, 점치
는 고양이랍니다아~."

"······점쳐······드립니다~, 점치는 고양이랍니다······
아~."

"이봐, 내가 요전에 이곳에서 토끼가 점을 치고 있
는 걸 얼핏 보았었거든. 그런데 이상하지, 토끼와
고양이를 구별하지 못할 정도로 눈이 나빠진 것도

아닐 테고."

"토끼든 고양이든 크게 다를 것 있나? 우리는 어차피 점 따위와는 인연이 먼걸, 뭐. 비록 그렇긴 하지만, 만일을 모르니 앞으로의 운명이나 한번 알아보든지. 안다 한들 으레 그래 왔듯이 갈라타 다리로 뛰어드는 게 고작이지 싶다마는. 10년이고 20년이고, 뼈와 가죽만 남게 되더라도 우리들이야 그저 짐꾼으로 살아가기밖에 더하겠어. 지게가 무지러져서 부러지는 게 먼저일는지, 우리의 등골뼈가 휘어들어 구부러지는 게 먼저일는지 좋은 겨룸이 되겠군. 파샤의 자녀들이 파샤가 되는 것처럼 유태인의 자녀들은 대금업자로, 쿠르드인들은 평생토록 짐이나 져 나르는 인부로 살아갈 테지. 자, 머뭇거리지 말고 이 일이나 마저 해치우자고. 금방이라도 눈이 쏟아질 것 같으니."

"점을 쳐 드립니다아~, ……고양이랍니다아~."

내 앞을 흔히 볼 수 있는 신파극에서와 같이 사람의 그
림자들이 지나갔다. 진부한 대사들을 토해 내면서.

"점을 쳐 드립니다아~, 예니의 점치는 고양이랍니다
아~."

"점을 쳐 드립니다아~, 예니의 점치는 고양이랍니다
아~."

인적은 완전히 끊어지고, 예니 자미만 말없이 우뚝했
다. 이윽고 수선화 향기가 흩날리어 퍼지듯이 눈송이들
이 허공에 난무하였다. 모스크와 바자르 사이에 끼인 공
간은 고만고만한 간격을 두고 낙하하는 얼음 결정들로
메워져 갔다. 그저 가만히 바라보자니, 그 하나하나의 결
정들이 자유로이 각각의 조촐한 공간 속에서 조용조용히
춤추고 있었다.

나의 페즈에 얼음 입자가 살며시 달라붙었다. 붉은 모
자에 반짝이는 둥근 모양의 수정 장식같이.

"점을 쳐 드립니다아~, 점을 쳐 드립니다아~……."

지나다니는 이가 아무도 없다. 깔려 있는 납작한 돌들 위에서 헤아릴 수 없이 많은 눈송이들이 까불까불 휘날리고 있다.

그물자루에 젖은 종이 경단들을 주워 담고, 널빤지는 하얘진 정원수들의 틈서리에 감추었다.

한 걸음, 두 걸음, 나의 발걸음이 새하얀 눈 위에 자국을 남겨 갔다.

쌓인 눈 속에서도 입을 열고 있는 이집션 바자르의 출입구는 한산하기만 했다. 그 양쪽 끄트머리께에는 행상인이 한 명씩 서 있었다. 한 사람은 머리꽂이 같은 물건들을, 또 한 사람은 검은 털실 몽당이들을 부둥켜안고, ……털실을 붙안은 남자…… 어디선가 본 적이 있는 듯한 얼굴…….

어쩌면 그 망명 귀족이?

──예니의 토끼가 친 점. ……양털이 나온다──

내가 소리내어 읽어 주었던 말이 선명하게 떠올랐다.

나는 한 발짝 두 발짝, 세 발짝 네 발짝, 걸음을 옮겨 갔다. 기력이 쇠한 듯 핼쑥해진 얼굴빛이, 우묵하게 들어간 벽에 기대선 채 부둥켜안은 검은 털실 몽당이들과 한가지로 웅숭깊고 침울하게 잠겨 있었다.

나는 더 이상은 다가갈 수가 없었다. 물러나야지 싶은 순간 그의 얼빠진 눈이 나를 붙들었다. 어울리지 않는 웃음이 담긴 얼굴을 하고서 그가 느린 손짓으로 불렀다. 나는 다시금 한 발짝 두 발짝 다가갔다.

"야, 고양이 군! 기억하고 있나 보네. 쿨룩. 아유, 미안, 오늘은 몹시 춥군그래. 그대의 그 동료 점쟁이가 신통히도 딱 들어맞혔지 뭔가. 이봐, 이것이 양털의 의미였던 거야. 쿨룩, 쿨룩. 하하하하, 오늘은 한 뭉치도 팔리지 않았는걸. 어때, 이걸로 머플러라도 짜 보지 않으려나? 하하하하, 사실은 완전히 거덜 나 버렸다네. 아주 꼴이 말이 아니야, 하하하하하……."

"공교롭게도 오늘따라 가지고 있는 돈이 전혀 없지 뭐예요……. 내일 꼭 사러 올게요."

"아냐, 그러잖아도 괜찮아. 그건 그렇고, 그대들의 일은 잘 돼가고 있는 겐가? 나도 말이지, 돈이 생긴다면 다시 한번 그대들에게 점이라도 쳐 보고 싶군그래. 뭐라고 해야 하나, 이렇게까지 영락해 버린 옛 귀족의 미래랄까. 아니, ……요컨대 언제쯤이면 이 세상과 작별할 수 있으려나 싶어서 말이지. 되도록 그날이 빨리 왔으면 좋으련마는. 이 도시는 온갖 것들의 과거며 미래까지 닥치는 대로 빼앗고서, 또 삶과 죽음과, 희망과 절망의 골짜기에서 가까스로 살아남은 우리들을 조롱하면서 보스포루스의 바닷새들과 새롱거리고 있다니까. 바로 이곳이 유럽의 종착역이지. 살거나 죽거나 할 수조차도 없다고. 동양의 잔혹하리만큼 깊수룸한 자비심 덕택이지. 그대도 그 일원인 겐가, 터키의 큰고양이 군? 쿨룩, 쿨룩, 쿨룩……."

가련한 망명 귀족은 급기야 기침을 심하게 해대었다. 그 바람에 검은 털실 몽당이 하나가 굴러 떨어지더니 눈이 녹아 질퍽질퍽한 통로 밖으로 나동그라졌다. 황급히 달려가 그것을 주워서는 스민 흙탕물을 내 몸털에 비비대 닦아낸 뒤 건네주었다. 흰 털로 덮인 배 부분이 그만

흙탕물로 뒤범벅되어 버렸다. 그리하여 나는 볼만한 세 가지 빛깔의 얼룩고양이로 변신하고야 말았다.

"아, 미안하이. 꼭 한번 점치러 가겠네."

"그럼 안녕히, 건강하시구요."

"안녕, 점쟁이 고양이 군."

눈은 자꾸자꾸 내렸다. 마치 땅과 하늘 사이에 드리운 거대한 레이스 커튼이 하늘이듯.

나는 그 커튼 자락에 뺨을 쓸리어 가면서 바자르를 떠났다. 돌아다보니 가련한 망명 귀족은 작게 뭉쳐진 검은 덩이처럼 하얀 베일 너머에서 어렵사리 그 흔적을 남기고 있었다.

별안간 자그마한 사람의 모습이 바자르의 출입구에서 튀어나왔다. 소년은 눈이 와서 꽤나 좋은지 경쾌한 발걸음으로 가련한 남자 앞을 가로지르는가 싶더니, 손에 들린 매다는 빈 쟁반을 과감히 빙글빙글 휘돌리면서 에미노뉴 광장으로 내달려갔다.

그랬다. 콘스탄티노플은 생을 마감하려는 자에게나,

또 그 생을 시작하려는 자에게나 공히 축복을 내리는 그런 위선에 찬 도시는 아니었다. 인생의 황혼기에 칸르자의 별장에서 먹을 한잔의 요구르트를 위해, 소년은 오늘도 열심히 일하고 있는 것이리라.

나는 아무런 목적도 없이 에미노뉴 광장을 등지고서 금각만을 향하여 나아갔다, 마치 몽유병자처럼.

창고들 사이를 빠져나가자 눈앞에 금각만이 펼쳐졌다. 고인 물처럼 잔잔한 수면에 훌훌 날리어 드는 눈들이 덧없이 녹아 들어갔다. 물가엔 노잡이 사공은 보이지 않고, 눈이 엷게 실린 카약 두 척만이 어깨를 비비대고 있었다. 계속해서 쏟아져 내리는 눈들 너머로 건너다보이는 저편 기슭의 신시가지는 회색빛으로 침울했다. 만 위의 배들은 앞으로 나아가지도 뒤로 물러남도 없이 선원들과 선장을 잃은 유령선처럼 그저 그렇게 조용히 떠 있을 뿐이었다.

나의 등 뒤에서 관악대의……, 작은 악대의 음향이

…… 희미하게 울려들었다.

어쩌면, 이 곡은 〈검은 눈동자〉? 아니면 사각사각 내리 쌓이는 눈들의 환청이런가?

"……라라라라아-라, 라라라라아-라, 라라라-라, 라라라 ……."

누군가의 목소리가 섞였다. 검은 눈동자가 다가들었다. 나는 참지 못하고서 기어이 돌아다보고야 말았다.

눈 속에서 조금씩 지워졌다가 다시금 드러나는 사람의 형체들. 한 사람, 그리고 뒤를 이어 따르는 두 사람, 세 사람, ……네 사람, 다섯 사람. 큰 소리로 시끄럽게 불러 대는 노랫소리와 그다지 신통스러운 음을 발하지 못하는 악대. 불협화음을 내는 나팔. 튜바, 트럼펫, 아코디언, 클라리넷, 그리고 술에 잔뜩 취하여 쉰 목소리로 노래해 대는 군용 외투를 걸친 남자. 손에는 보드카 병.

"좀 더 음을 높여서! 시가지로! 스탐불 거리거리마다에 울려 퍼지도록! 그렇지, 그렇지, 좋았어! 라아라아라아-

라, 라아라아라아-라, 라라라-라, 라라라아-라, 어이쿠,
야, 이게 얼마 만인가! 점쟁이 토끼, 아니지, 점쟁이 토
끼의 파트너인 망명 고양이 군! 이야, 이 얼마나 기이한
인연이냐, 이런 곳에서 만나다니."

"아니, 그렇게까지 기이한 인연으로 만난 건 아니지요.
예니 자미는 이곳에서 엎드리면 코 닿을 데니까."

"딴은 그렇지. 그런데 나에게는 말이야, 하루하루가 기
이한 인연들과의 만남이라고. 이 거리에서 몇 명의 친구
들을 만났으리라고 생각하나? 가만있자, 페테르부르크
의 학창 시절 친구하며, 오데사에서 알게 된 음악가하며.
모두에게 만날 때마다 이야기하지, 이 얼마나 기이한 인
연이냐. '이 얼마나 기이한 인연이냐.' 이 말은 이곳 콘
스탄티노플에서 우리 러시아인들의 암호와도 같은 것이
지. 그러나저러나 그대의 그 자랑하는 듯한 터키 모자 위
에 퍽 많은 눈이 쌓여 있군그래. 그러면 머리가 몹시 차
가워져서 머지않아 욱신욱신 아파 올 텐데. 그런데 그대
는, ……이봐, 좀더 세게 불어, 불어서 울리라고, 라아라
아라아-라, 라아라아라아-라, 그래, 그 상태로! ……그대

는 일하고 돌아가려던 참인가? 이런 데서 나룻배를 기다리고 있는 거야? 이 눈 속에선 아무도 배를 부리려 들지 않을걸. 그건 그렇고, 그 손에 들린 그물자루에 들어 있는 종이 부스러기들을 뭉친 것 같은 덩어리는 또 뭐지? 잠깐 기다려 봐, 그것과 아주 닮은꼴을 본 적이 있단 말씀이야. …………그래, 맞아, 분명히 뤼스템 파샤의 모스크 안이었어. 까마귀, 까마귀였지! 녀석이 팔고 있던 제비와 똑같은 모양인걸. 그렇다면 그대는 제비를 파는 일도 하고 있다는 얘긴가?"

"아아뇨, 이것은 점괘에 나타난 말들이 적혀 있는 거랍니다. 나는 신의(神意)에 의하여 길흉을 점치는 '제비'라는 말이 싫거든요. 그렇지만 하는 짓은 매한가지인 셈이죠……."

"핫핫하, 아마도 그렇겠지. 신의 계시 따윈 아무도 캐묻지 않을 테니까 말이야. 그래, 이야말로 웃음거리가 아닐 수 없군. '신은 죽었다……' 따위의 제비를 팔고 있으니 말이지. 그런데 말이야, 이건 어지간히 실없는 익살일 테지만, 신의 죽음을 선고한 게 우리가 아니라 신 자신이라고 한다면……. 사실은 오히려 성가셨던 거야. 녀석은, 그러니까 신은 교묘히 도망쳐 버린 거지……. 그러니 남겨진 거대한 제단에 새로운 억압자가 들어앉을 수밖에."

"중위, 조금 쉬는 게 좋을 듯하이. 이놈들도 이미 녹초가 되어 있을 테니. 세바스토폴을 떠나온 이후 내처 불어댔잖나. 이제 우리들의 군대는 어디에도 없다고. 대체 언제까지 불어대야 직성이 풀리려나."

얼굴이 새빨개지도록 튜바를 불던, 수염을 텁수룩이 기른 노병은 보드카 병을 받아들더니 벌컥벌컥 들이켰다.

네 명의 군악대원들이 차례로 돌아가며 보드카 병을 돌렸다. 눈은 소리 없이 쏟아져 병사들의 모자며 외투의 어깨들에 내리쌓이고 있었다. 백군 중위는 외투 주머니에 손을 찌르고서 금각만을 바라다보았다. 뒷모습으로 가늠하자면, 그는 마치 30대의 노인 같아 보였다.

"고양이 군, 내가 말이야, 까마귀의 제비를 시험해 보지 않았겠어. 내가 골라잡은 제비, ……그래, 종이 경단이라나 뭐라나 하는 것에 도무지 뜻을 알 수 없는 설형 문자 같은 것이 쓰여 있어서, 까마귀더러 읽어 달라고 했단 말씀이야. 그랬더니 이렇게 쓰여 있다더라고.

——모든 것은 가며, 모든 것은 되돌아온다. 존재의 수레바퀴는 영원히 돌고 돈다. 모든 것은 시들어 가고, 모든 것은 다시금 피어난다. 존재의 해(年)는 영원히 흐른다——*

나는 이거 재미있겠다 싶어서 또 하나를 골라잡았지. 거기엔

——만물은 영겁에 회귀하고, 우리 자신들도 그것과 더불어 무한히 회귀한다. 그대는 또다시 온다, 이 태양, 이 대지……와 함께. 그것은 결코 새로운 삶, 보다 나은 삶으로 되돌아오는 것이 아니다. 그대는 영원 회귀하여서 이와 동일한 삶으로 다시금 되돌아오는 것이다——

라고 적혀 있노라고 까마귀는 말하더군. 그래서 이렇게 응수해 주었지. '이봐 까마귀, 이건 니체의 말을 그대로

* 니체의 《차라투스트라는 이렇게 말했다》 제3부에서. 이하는 《생성의 무구》와 《권력에의 의지》 등에서 인용하였다.

옮겨 적은 것 아닌가' 하고 말이야. 그랬더니 녀석, '들 키고 말았네요' 하더군. 그러더니만 '그렇다면 덤으로 다른 제비를 고를 수 있는 기회를 드릴게요' 하기에, 또 하나를 골라잡았더랬지. 그것은 이러했어.

──그대가 지금 경험하고 있는 이 삶을 다시 한번 영 위하고 싶다면, 영원히 그와 같이 살기를 바라듯이 살아 라──

또 니체였어. 나는 말했지. '독일 놈들의 철학도 음악 도 마음에 차지 않아. 니체도 바그너도 다 소름 끼쳐.'

그것은 그렇다 치고, 이 마지막 제비와 앞의 제비 사이 를 메워 줄 제비 같은 건 뭐 없으려나? 이들을 이어 주는 다리로서의 역할을 할 만한 말을 찾고 싶은데 말이지. 만 일 내가 동일한 삶을 되풀이하고 있는 거라면, 지금의 나 는 과거의 나이기도 미래의 나이기도 하는 거잖아. 모든 것이 이미 정하여져 있는 나의 삶 가운데, 예컨대 지금의 내가 이 한순간을 다시 한번 살아 보기를 바란다더라도 이미 과거나 미래의 내가 같은 것을 바란 결과는 아닐 까? 시작도 끝도 없는 이 세계 속에서, 나는 대체 언제나

이 필연의 멍에를 벗어던지고 살아갈 수가 있으려나?

그러자 까마귀가 '에구, 어딘가에 있을 텐데 말이죠' 하면서 제비, 아니 종이 경단들을 이리저리 들추어 보는 듯하더니, 종국에 가서는 '공교롭게도 없군요' 하고 말지 뭐겠어.

그리고 다 기어든 작은 목소리로 잘 알아들을 수도 없게 '동물용 제비에는 쓰여 있을 텐데' 하고 얼버무려 버리더군. 뭐야, 동물용 제비라니? 그대라면 알고 있지 않을까 싶은데?"

"아마 인간용 제비와 동물용 제비는 내용이 다를 거예요. 마치 우리들의 진짜 세계와 인간의 세계가 결코 섞이어 융화될 수 없는 것처럼 말예요."

"어쩌면 그대들의 동물용 제비에 그 둘을 이어 줄 만한 해답이 담겨 있을는지도 모르겠군."

"글쎄요, 나는 니체를 좋아하지도 않고, 또 애당초 떼까마귀가 써놓은 제비인 터라서요."

"그런가, 그거 유감이로군. 자, 까마귀의 제비 이야기는 이쯤에서 제쳐두자고. 그보다 그대의 점술을 시험해

보고 싶은데 말이지. 어때, 한번 보아 주지 않으려나? 나는 이제부터 어찌하면 좋을까? 이 쓰레기 같은 도시에서 술타령이나 일삼고 있을까, 아니면 차라리 아프리카라도 가야 하려나? 인도도 좋지만, 그곳에는 영국의 시건방진 무리들이 제멋대로 설쳐 대고 있으니 말이야. 그렇지, 응……, 이 종이 경단을 가려잡으면 될 테지?"

백군 중위는 내 그물자루에서 멋대로 종이 경단 하나를 꺼내어 펼쳤다.

"그래, 러시아어야. 자, 어떤 점사가 쓰여 있나 볼까…….

켜켜이 얼크러진 풀숲을 헤치고 들어가,
오늘 하루 숨어 있자.
초원 저편에서 저녁 바람이 찾아들어
줄기와 줄기, 잎과 잎이 손을 맞잡으면
차츰차츰 전하여지는 평안의 노래.
눈앞에서 흔들리는 들꽃풀 다발들 바라보다가
그대는 아침까지 내내 여윈잠이다.

산뜻한 아침 햇살과

간헐적으로 풍겨 오는 풀들이며 꽃들의 향내

그대는 잊어버린 것인가, 아니면 잃어버린 것인가

멀리서 수런수런 흔들리다 말고,

이다지도 스스럼없이 다정하게

네 곁으로 살포시 다가드는

저 초원이며 수풀이며 우거진 숲을.

그러나 우리는

그대를 잊지 못해

오래오래 기다려, 여기 이렇게 서 있다.

그대가 다시 올 그때까지, 무엇 하나

달라지지 않은 채

그저 한결같이, 재회의 그때까지."

읽기를 마친 중위는 점사가 쓰인 종이를 쥔 채로 금각만을 향하여 걸어갔다. 그러더니 고개를 숙였다 건너편 물가를 응시했다 하면서 안벽뜰을 거닐다가 멈추어 서 있다가 했다.

잿빛 군복은 음울한 바다색에 휩싸여 버리고, 군모와 견장에 내리쌓인 흰 눈만이 잔상처럼 남아 있었다. 저 편 기슭의 집들은 물론하고 갈라타 탑조차도 보이지 않았다.

중위가 다시금 내 눈앞으로 다가섰다. 모자를 벗어 쌓인 눈을 떨어내고서 말쑥하게 바로잡아 썼다.

"점쟁이 고양이 군. 아무래도 저곳으로 돌아가야겠어. 저 크리미아 연안으로 가서 다시 서야겠어. 어느 순간부터인가 그대의 점사가, 아니 시의 속삭임이 들려오지 뭐야. ……저 대지를, 그리고 끝 간 데 없이 펼쳐진 초원을 그토록 사랑한다면 그곳에서 잠들면 되지 않느냐, 영원한 휴식을 취하면 되지 않느냐 하고 말이야. 이제야 깨달았어. 내가 나의 삶이며 나 자신을 사랑하고 있다는 것을, 내가 이제까지 겪어 온, 나를 키워 온 지난 삶을 사랑하고 있다는 것을, 그리고 이 삶이 영원하기를 갈구하고 있는 내 자신을……."

"안 돼요, 지금 돌아간다면 총살당하고 말 거예요."

"아니, 그것은 그럴 테지만, 그렇더라도 괜찮지 뭐. 그야말로 빌어먹을 니체가 말한 것들을 풀어먹을 수가 있다는 거 아냐. 일체의 사물이 영겁에 회귀하고, 나 자신 또한 일체의 사물과 더불어 그렇게 회귀하는 거야. 이제 나는 이미 무한히 거듭된 횟수에 걸쳐서 존재했던 그 존재이고, 앞으로도 무한히 존재할 테지. 점쟁이 고양이군, 그대 덕분에 뭔가를 깨달은 것 같군. '그대가 지금 경험하고 있는 이 삶을 다시 한번 영위하고 싶다면, 영원히 그와 같이 살기를 바라듯이 살아라'는 의미 말이야."

"아아뇨, 절대로 안 돼요. 모든 것이 되풀이되는 듯하지만, 결코 되풀이되는 것이 아니랍니다."

"그럴지도 모르지……. 어쩌면 그대들 쪽이 옳을는지도 모르지……. 그대들은 이미 선악의 저편에 있을 테니까. 하지만 나는 썩어 문드러져 가는 인간의 꺼풀을 질질 끌면서 살아가고 있으니 말이야. 그러므로…… 수천 수만 번이라도 총살형에 처하여 줄 수 있지 않겠나. 사실 나는 공산주의자야. 그런데 볼셰비키 일당이 희망을 르상티망*과 살짝 바꿔 버린 거지. 어딘가에서 어그러지기 시작한 거라고……. 저 러시아의 대지를, 초원의 바람을 잊어버린 탓이려나.

……나는 크리미아에 서기를 바라. 그곳에 서 있는 한 순간을. 그리하여 '이곳이 정말 좋아. 이곳은 나의 대지야. 이 순간을 바랐어' 하고 서슴없이 말할 때, 나의 삶은 과거도 미래도 없는 원환 안에서 긍정되어 가는 거지.

예컨대 총살을 당해도 긍정되는 거야. 영원히 긍정되는 거지. 그리고 무한 횟수에 걸쳐서 러시아로 되돌아가 저 초원을, 저 얼어붙은 땅을 망령처럼 하릴없이 떠돌아다닐 테지.

점쟁이 고양이 군, 영원이 나를 원하고 있어. 영원은, 세계는 우리들 인간 하나하나의 삶을 비루하게 먹어치우면서 영위해 나가고 있는 거야."

"아아뇨, 그게 아녜요. 영원은 우리에게 찾아올 수 없는 것이랍니다. 우리가 영원해질 수도 없구요. 우리는 영원을 갈구할 수밖에 없는 거죠. 그러다가 결코 붙안을 수 없는 영원을 저만치 두고서 어느 날 숨이 멎는 거지요.

* 르상티망(ressentiment)……원한, 증오, 질투 따위의 감정이 되풀이되어 마음속에 쌓인 상태.

216

우리가 할 수 있는 다만 한 가지 일, 그것은 영원을 멀리서 바라다보는 것뿐이랍니다. 되풀이되는 듯하지만, 결코 되풀이되는 것이 아닌 그 순간에 영원을 바라다보는 것일 따름……."

중위는 또 한 차례 모자를 벗어 눈을 떨어내고서 지그시 눌러썼다. 그러더니 뒤돌아보며 차분한 어조로 "왈츠를. 제군들, 그 왈츠를!" 하고 외쳤다.

단 네 명의 군악대원들은 규칙이라도 되는 양 일렬횡대로 늘어서서 이상야릇한 왈츠를 연주하기 시작했다. 처음 듣는 생소한 곡이었다.

페테르부르크의 무도회에서 연주되는 곡은 물론 아니었다. 화려하기 그지없는, 허식에 찬 콘서트에서 연주되는 곡 또한 아니었다. 그것은 홀로 황야를 배회하는, 고독을 사랑하는 이의 왈츠였다.

"이봐, 고양이 군, 내 연상의 친구 가운데 니콜라이 미야스코프스키라는 군인 작곡가가 있었거든. 갈라티아에서 생사를 같이한 전우지. 그는 전쟁이 싫었어. 그래서 혁명을 지지하였던 거야. 지금은 어떻게 지내고 있으려나. 이 곡은 말이지, 그가 머지않아 선보일 왈츠야.* 그는 자연을 좋아했지. 포성이 멎으면 풀밭에 누워 곡을 만들곤 했어. 아름다우나 감미롭지는 않은, 애달프나 슬프지는 않은……."

"멀리 있는 듯하나 가까이에 있는. 쓸쓸하고 허전한 마음에 살며시 다가들 듯이……."

"그렇지! 그거야! 이것이 진정한 왈츠인 거야!"

중위는 지면에 놓인 얼어들었을 듯한 보드카 병을 움켜잡고서 단숨에 죽 들이켜더니, 굼실거리는 검은빛의 금각만을 향해 아무렇게나 내던져 버렸다.

잔물결들이 안벽에 조용조용히 몸을 부딪혀 왔다. 어디 멀리서 개가 짖었다. 이 도시에선 드물게 듣는, 아주 진기한 일이었다.

"지나간 모든 것들이 영원에 이르리라는 게 그나마 위

* 니콜라이 미야스코프스키(1881-1950)가 1939년에 작곡한 교향곡 제19번(관악대를 위한) 제2악장. 이 음악은 본 이야기의 테마곡이기도 하다.

안이 돼. 바다가 그것들을 죄다 되돌려 놓을 테니까."

중위는 바다를 향하여 혼잣말로 중얼중얼거리다 말고 불현듯이 내 손목을 꼭 붙들었다.

"러시아의 고양이 군, 그리고 지금 이 순간의 터키의 점쟁이 고양이 군, 에서 작별해야겠군. 하지만 이것이 영 이별은 아니니까. 우리는 다음 생에서, 그리고 또 그 다음 생에서 지겨우리만큼 재회를 되풀이할 테니까 말이지. 게다가 작별도 되풀이하게 될 테지. 그러므로 지금은 그냥 가볍게 안녕, 또 만나 정도로만 인사를 나누자꾸나."

"안녕, 꼭 다시 만나요."

나도 작별 인사를 했다.

중위와 함께 네 명의 군악대원들도 떠나갔다. 눈들로 흐릿흐릿하게 지워지기 직전 악대는 유난스레 큰 소리를 울리며 갔다. 쏟아져 내리는 눈발 속으로 그 모습들은 자취조차 없이 묻혀 버렸지만, 저 왈츠 같은 곡조는 내내 나의 귓전에 맴돌고 있었다.

나는 당장은 이 안벽을 떠날 마음이 생기지 않았다. 중위 앞에서는 아무래도 내비칠 수가 없었던 점쟁이 토끼의 말을 조심스레 떠올려 보았다.

——예니의 토끼가 친 점. 이름도 없는 남자는 내년이면 러시아 땅에 서 있을 것이다——

중위는 그날에 내가 읽어 주었던 점사를 까맣게 잊어버리고 만 것일까. 분명히 그때도 몹시 취하여 있기는 했었다. 그래서 아무것도 기억하고 있지 못하는 것이려나. 그토록 완강히 부정하였던 조국으로의 귀환이라니.

혹시라도, 만에 하나라도, 나의 점사로 쓰인 글이 그의 운명의 문빗장 하나를 열고 만 것이라면, 나의 종이 경단이 그를 파멸에 이르는 곳으로 한걸음 몰아간 것이라면, 내가 점쟁이 토끼의 예언을 거들고 나선 양이 된 것이라면…….

나는 그물자루에 담긴 종이 경단들을 꺼내어, 자꾸자꾸 쏟아져 내리는 눈들을 탐욕스레 집어삼키고 있는 금각만에 내던져 버렸다. 돌멩이와 함께 그것을 돌돌 감아

싼 점사가 적혀 있는 종이도 끝모를 바닥으로 가라앉아
버리기를 바라면서.

점쟁이 토끼의 예언은 하나같이 그대로 꼭 들어맞았
다. 그것도 얄궂은 결말과 더불어. 게다가 나까지도 그
점들 가운데 운명의 가담자로서 휩쓸리고 말았으니. 나
는 이런저런 일들이 원망스럽기도 하고, 또 어쩐지 마음
이 몹시 쓰였다. 점쟁이 토끼가? 인간들의 욕망이? 내 자
신이?
아니, 인간들의 덧없는 삶을 집어삼키고 외면해 버리
는 눈앞의 바다, 세계가 못내 괘씸스러웠는지도 모른다.
그렇지 않으면 인간들의 삶이, 그들이 살아가는 세계
가 이미 회귀의 원환 속으로 쓸려 들어가 버린 것은 아닐
까? 그리하여 점쟁이 토끼는 그 비밀을 탐지해 냈고, 무
한 횟수에 걸쳐서 되풀이되었던 가여운 손님들의 과거와
미래의 조각들을 추려 점을 쳐 주었던 것은 아닐까?

"여봐, 건너편 기슭으로 가고 싶어서 그럭하고 있는 거

야?"

아무도 없을 듯한 바다 쪽에서 누군가의 목소리가 돌연히 날아들었다.

해면을 내려다보니, 흩날리는 눈발 속에서 소형 카약이 미미하게 흔들리고 있었다. 따뜻한 느낌을 주는 아스트라한 모자와 거무스름한 외투 위에 눈을 수북이 얹고서, 뾰족한 부리 입매의 수컷 동물이 작다란 배의 중간쯤에서 노를 잡고 있었다. 줄기차게 내리퍼붓는 눈들과 변함없이 칙칙한 물빛의 바다로 에둘려 있어서인지, 몸빛이 검은 수컷 동물의 모양새 말고는 더 이상 가늠하기 어려웠다.

"음...... 저, 그렇긴 하지만 그럴 만한 돈이 없답니다. 그러니 신경 쓰지 마세요."

그러자 내 대답 따윈 아랑곳없다는 듯 카약의 수컷이

"나루질은 벌써부터 끝났고, 어떻든 건너편 기슭으로 돌아가야 하니까 타려면 어서 와. 뱃삯은 없어도 되니까."

하고 권유해 왔다.

나는 감사해하면서 카약에 뛰어올랐다. 작은 배는 미끄러지듯 안벽을 떠나 방향을 돌렸고, 내 앞쪽으로는 뱃머리와 마치 수런거리듯이 뱃전에 몸을 부딪혀 오는 금각만의 잔물결들 외엔 아무것도 눈에 들어오지 않았다. 뒤쪽을 돌아보니, 모자 밑으로 부스스 비어져 나온 새까만 털들과 온몸을 싸 감출 만큼 커다란 외투를 걸친 노잡이 사공의 밋밋한 뒷모습이 바로 눈앞에 있었다.

방금까지 내가 서 있던 안벽은 이윽고 눈 저편으로 아스란히 멀어져 갔다. 우리는 말이 없었다. 노가 물이랑을 일으키는 소리도, 또 잔물결들이 뱃전에 부딪혀 부서지는 소리도 이상하리만큼 조용히 가라앉았다. 갈매기가 우짖는 소리는 물론이고, 에미노뉴며 카라쾨이 부두에 출입하는 증기선들의 기적 소리조차도 들리지 않았다.

우리는 금각만의 한복판에 유유히 떠 있었다. 구시가지와 신시가지도, 갈라타 탑도, 예니 자미도, 쉴레마니에 자미도, 온통 눈 저편에 있었다. 아니면 이 모두가 환영이런가? 콘스탄티노플도, 우리 자신들마저도.

이제는 이쪽 연안도 건너편 연안과 다름없이 눈에 묻

혀 있었다. 우리는 정적 속에서 그저 흔들리고 있었다.

"어어, 뭐가 떠내려오는데."

정체불명의 검은 수수께끼가 나직이 중얼거렸다.

보자니, 왼쪽 뱃전 가까이에 희고 작은 것들이 무수히 떠다니고 있었다. 눈길을 모아 뚫어지게 살펴보니, 그것은 다름 아닌 종이쪽들이었다. 게다가 자잘한 그 종이쪽들마다엔 잉크가 번져 나간 내 글씨들이 춤을 추고 있었다. 점치는 데 쓰인 나의 시구들이 금각만의 웅숭깊은 흐름을 타고서 만 안쪽으로 거슬러 올라가던 참이었을까?

그랬다, 우리는 금각만을 비스듬히 거슬러 오르고 있었던 것이다. 배의 언저리가 희미한 빛을 머금으면서 떠도는 종이쪽들의 면면이 하얗게 빛났다. 나는 짧은 손을 과감히 뻗쳐서 그 가운데 하나를 건져 보려 했다.

손이 닿는 듯한 순간, 나의 시는 부력을 잃은 채 흐물흐물 수면 아래로 가라앉기 시작했다. 눈을 들자, 왼녘의 아득한 저 너머로 장대한 쉴레마니에의 모스크가 선명하게 드러나고 있었다.

짙은 눈구름을 밀치고 나온 양광이 홀연히 우리 위를 내달렸다.

숱한 갈매기들이 머리 위를 어지러이 맴돌 즈음하여 갈매기 한 마리가 뱃머리에 춤추듯이 내려앉았다. 나와 눈길이 마주쳤다.

"점치는 일은 어떠니, 고양아?"

갈매기가 물어 왔다.

"아! 물고기는 달갑잖다던 그 갈매기로구나. 저, 점치는 일은 그만두기로 했어."

"그래, 그게 좋을 것 같아."

물고기를 좋아하지 않는 갈매기가 말했다. 그러더니

"내친김에 건너편 기슭까지 타고 가야지."

하고는 날개깃을 가다듬기 시작했다.

구름들이 밀려가면서 푸른 하늘이 부쩍부쩍 늘어났다. 우리가 노를 저어 나아갈 때마다 눈의 천막도 도망치듯 걷히어 갔다.

하나하나의 물결들이 생성과 소멸을 되풀이하면서 유유히 보스포루스로 밀려가 커다란 흐름을 이루고 있었다. 많으면서 하나인 것. 다르지만 같은 것.

변덕스러운 파도가 시시로 밀려왔다 밀려가더라도 결국 모든 것은 흘러가고 말 터이다.

카약은 그 파도들에 쓸리어 종종 흔들렸으나, 거슬러 올라가기를 멈춘 적은 없었다.

9

1921년 1월, 새해는 아무런 희망도 품지 못한 채 막을 열었다. 하기는 희망이나 미래 따위의 진부한 말들을 믿을 이도 없을 테지만.

사람들은 그저 나날의 양식거리를 마련하는 데 골몰했다. 게다가 망명자들의 유입도 끊이지 않고 계속되었다. 동시에 이 도시의 절반이 이교(異敎)의 땅이어서 오리엔트의 정취에 결코 동화될 수 없는 이들은 신천지를 찾아 서둘러 떠나갔다. 그 어느쪽에도 속하지 않는 이들, 이를테면 저 백군 중위는 세바스토폴행 그리스 화물선을 타고서 조국으로 돌아갔다. 얄궂게도 그의 행동은 그리도 싫어한 빌어먹을 독일 녀석의 말로 일컬렸다.

——나는 사랑한다, 몰락하는 자로서 살 뿐 그밖의 삶

1921년 1월, 새해는 아무런 희망도 품지 못한 채 막을 열었다.
하기는 희망이나 미래 따위의 진부한 말들을 믿을 이도 없을 테지만.

은 모르는 자를······ 나는 사랑한다, 언젠가는 대지가 초인의 것이 되도록 대지를 위해 희생하는 자를······——*

갈라타 탑 아래의 빈 터에서 우리는 퍼석퍼석해진 시미트를 둘로 나누어 먹고 있었다. 점치는 일을 그만두고서부터 여러 방면으로 일감을 찾아다녀 보았지만, 고양이를 고용할 만큼 멋스러운 인간은 없었다. 하기야 인간들도 변변한 일거리를 잡지 못하고 있는 형편이니 어쩔 수 없는 노릇이기는 했다. 집시 곰 아저씨의 탬버린과 춤이 내 빵의 유일한 공급원이었다. 그리고 그 빵을 거의 날마다 물고기를 싫어하는 갈매기와 또박또박 나누어 먹고 있었다.

"요즈음에 와서 시미트의 맛이 오히려 떨어지고 있는 것 같아."

갈매기가 빵 부스러기를 흩뜨리면서 말했다.

"맞아, 여러 가지가 섞여 있어서 그러나 봐."

* 니체의 《차라투스트라는 이렇게 말했다》 서설에서.

대답은 이렇고 말았지만, 그래도 오늘 것은 유난히 맛이 떨어졌다.

"그렇더라도 이렇게나마 먹을 수가 있다는 게 그저 고마울 따름이지."

갈매기가 덧붙였다.

"으응…… 그렇지."

나도 우물거리면서 어렵사리 호응하였다. 바람은 차가웠지만, 햇살이 따사로이 비껴들고 있었다. 한껏 온기를 품은 배 부분의 흰 털이 기분 좋은 졸음을 불러왔다. 그 유혹에 이내 굴복해 버리고 마는 건 언제나 갈매기 쪽이었다.

아니나 다를까, 빵 부스러기들을 그 언저리에 잔뜩 흩뿌려 놓은 채로 갈매기는 벌써 깊은 잠에 빠져 있었다.

양지쪽의 석물들도 선 채로 잠들어 있었다. 아무렇게나 나동그라져서도 기분 좋은 숨소리를 내면서 잠이 든 석물도 있었다.

밝은 빛들로 모처럼 나의 마음이 다 환히 트이는 것 같았다. 이런 날은 갈라타 다리를 오가는 각기 다른 민족들의 얼굴 생김생김을 관찰하거나, 행상인들의 외침을 듣거나 하면서 하릴없이 시간을 보낼 수밖에. 그것마저도 시들먹해지면 금각만을 유람하는 숱한 카약의 무리나, 보스포루스를 드나드는 군함이며 화물선들의 유연한 몸놀림이나 바라다볼 수밖에.

나는 갈라타 탑을 뒤로 했다. 무심코 돌아다보니, 한 무리의 칠면조가 일렬종대로 줄을 이루어 탑 아래께를 가로지르고 있었다. 모두가 쾌청한 겨울 하루를 즐기고 있는 듯해 보였다.

이윽고 아스라한 저 비탈길 아래, 집집이 들쭉날쭉 불거져 나온 골짜기 사이로 짧은 겨울빛을 아로새긴 금각만의 모습이 드러났다. 한 걸음, 또 한 걸음 돌층계를 걸어 내려갈수록 금각만은 그 빛을 더해 가고 있었다.

갈라타 다리의 건너편으로는 예니 자미며 쉴레마니에 자미, 그리고 이름 모를 모스크가 역광 속에서 옅은 실루엣을 드리우고 있었다.

나는 갈라타 다리로 접어들었다. 분망히 내달리는 짐마차와 노면 전차. 행상인의 외침. 걸인의 손. 자기 몸의 몇 배나 될 듯한 짐을 져 나르는 인부. 카이저수염과 페즈가 묘하게 어울리는 뚱뚱한 몸매의 터키인. 붕대를 친친 돌려 감은 상이군인. 그리고 망명 러시아인같이 여겨지는 이들.

다리의 한중간에서 나는 걸음을 멈추었다. 금각만은 조붓한 강 같았다. 카약이나 어부들의 범선이나 그저 좁다란 만 위를 아무렇게나 오락가락하고 있는 듯이 보여졌다.

이번에는 다리의 반대편으로 가 보았다. 만은 비끼는 겨울빛을 온몸에 두르고서 왼녘의 아득히 먼 저쪽, 보스포루스 해협으로 넓게 퍼져 나가고 있었다. 그리고 그 바로 앞쪽은 마르마라 해였다. 또 그 저쪽은……, 아니, 나의 오른편으로 어느 겨를엔가 한 마리 당나귀가 서 있었다.

그는 진지한 얼굴로 보스포루스를 바라다보고 있었다.

"저, 언젠가 만난 적이 있는 그 당나귀인 거지? 암산에 뛰어난?"

"아, 러시아 고양이! 오랜만이야. 날수가 그다지 많이

지난 것도 아닌데 이상하게 그립더라. 야, 이거 반가워,
또 이렇게 만나다니."

"저, 혹시나 또 배들을 헤아리고 있었던 거야?"

"그야 물론이지. 이렇게 화창한 날에는, 배들의 수효
를 헤아리지 않고는 배길 수가 없어서 말이야. 고양이 너
도 같이할래, 헤아려 볼 테야? 이봐, 저기서부터 저기까
지 몇 척이나 떠 있을 것 같아? 대략……."

"저어, 그후 어떻게 지냈어? 짐수레도 없이. 아니, 있
었던 적이 있긴 하지만……."

"음, 그러니까 뭐라고 해야 하나. 탁심 가까이에 있는
은행에 다녔더랬지."

"허, 그랬었구나. 아, 셈하는 능력이 뛰어나서였나 보
네."

"그래, 말하자면 그렇지. 내가 암산에 뛰어난 걸 아는
이가 고용해 주었어. 하지만 이제는 아니야."

"어째서?"

"돈을 헤아리는 일은, 이렇듯이 반짝이는 보스포루스
에 떠 있는 배들을 헤아리는 일과는 사뭇 다른 것이었지.

그래도 그저 잠깐 동안 일하였을 뿐인데도 급료를 조금 주더라고. 그 돈으로 불쏘시개로 쓰이기 직전의 고물 짐수레를 하나 마련했어. 그래, 짐받이만 남은 것이었단다. 그래서 어찌어찌하여 수레 밑에 바퀴를 가져다 대고, 또 그 한가운데 뚫린 구멍에다가는 굴대를 끼우고 해설랑 다시 이렇게 짐들을 운반하는 일을 시작해 보려는 참이야. 오늘이 그 첫날이지. 이제부터는 그랜드 바자르 쪽까지 물품을 받으러 가지 않으면 안 될 것 같기도 해."

"아, 그거 잘됐네, 정말정말."

"고양이 너는 어땠어, 그후. 무슨 일거리라도 잡은 거야?"

"어, 아니 아직."

"그랬구나. 하지만 머지않아 뭔가 찾게 되겠지. 괜찮다면 건너편까지 같이 가지 않을래? 짐수레에 타도 좋아."

"아니, 걸어서 갈게."

우리는 출발하기로 했다.

당나귀가 주위를 두리번두리번 둘러보았다.

"왜 그래?"

"아니, 짐수레가……, 없어져 버렸어."

이리하여 우리는 갈라타 다리 위를 세 차례나 왕복했다.

"난감하네. 그것이 없으면 일을 할 수가 없는데. 어떡한다. 아차, 그렇지. 그 점쟁이 토끼한테 다시 점을 쳐 달라면 되겠다! 그래, 그렇게 하자. 찾게 되면, 이참에는 예컨대 네 발을 다 움직일 수 없는 당나귀가 끌고 있다 할지라도 반드시 되찾고야 말 테니까 염려 마."

"저, 그런 당나귀라면 짐수레를 끌지 못할 텐데."

"아뿔싸! 아마도 틀림없이 그럴 테지. 어쨌든 점쟁이 토끼한테로 가 보면 뭔가 알아낼 수 있을 거야."

"저, ……점쟁이 토끼는 이제 그곳에 없을걸. 그곳에 오지 않은 지 오래되었거든."

"어? 그랬구나. 아니, 지금까지 내처 신시가지에만 머물러 있던 터라서. 실은 건너편으로 가는 것도 근 한 달 만인 것 같아. 그렇더라도 여하튼 가 보자. 고양이 너도 다시 만났으니까 점쟁이 토끼도 다시 만날 수 있을 듯한 기분이 드는걸. 찾으면서 저쪽까지 가보도록 하자."

당나귀는 소중한 짐수레를 잃어버렸음에도——아니,
아직은 아주 잃어버렸다고 단정지을 순 없지만서도——
낙담은커녕 놀랍도록 명랑했다. 내 마음도 덩달아서 더
할 나위 없이 밝아져 갔다.

우리는 즐거운 이야기들을 수다스레 늘어놓아 가며,
갈라타 다리 위를 오른녘으로 갔다가 왼녘으로 갔다가
하며 두 개의 바다를 번갈아 바라다보면서 걸었다.

갈라타 다리를 건너서는 에미노뉴 광장으로, 이윽고
예니 자미로 다가갔다. 모스크 앞의 돌층계에서는 예의
커다란 몸집의 비둘기가 손님으로부터 제비뽑기 대금을
챙기고 있었다.

마침내 우리는 이집션 바자르와 예니 자미 사이의, 꽃
시장이 있는 곳으로 나아갔다.

우연찮게 당나귀를 만나고, 또 점쟁이 토끼와 일을 시
작한 때로부터 불과 한 달이라는 날수밖에 지나지 않았
는데도 묘한 그리움 같은 것이 일었다.

앞쪽을 건너다보다가 정원수들 너머로 쫑긋이 세운 두

개의 귀에 나의 시선이 멎었다.

그것은 언제나처럼 귀로 부르는 듯한 시늉을 해 보이고 있었다.

나는 그 귀에 이끌리어 한 걸음 다가갔다. 그리고 그때에 이르러서야 비로소 알아차렸다. 왼쪽 귀 끝이 아니라 오른쪽 귀 끝을 우그리고 있다는 것을.

"아아, 당나귀야! 모든 것이 되풀이되는 듯하지만, 결코 되풀이되는 것이 아니란다."

당나귀는 영문도 모르는 채 두 귀를 세우고서 멍청히 서 있을 뿐이었다.

"어? 무슨 말이야?"

"아냐, 아무것도. 얼른 점쳐 보자. 없어진 짐수레와, 그리고 또……, 이제부터 시작될 새로운 이야기를."

당나귀와 나와 점쟁이 토끼의 여섯 개 귀가 이스탄불의 거리에 쫑긋쫑긋이 서 있었다.

금각만을 뒤로 하고.

맺는말

"토요일, 나는 또다시 페리호의 하부 선실에 있다. 또 눈이다. 이스탄불은 변함없이 추악한 도시다. 불결한 도시다. 비라도 내리는 날에는 유난히…… . 다른 날에는 아름다웠나? 아니, 그런 적은 없다. 갈라타 다리는 매양 사람들이 내뱉은 침투성이다. 골목길들은 흙탕에 돌멩이투성이고, 밤이면 구토물투성이다. 집들은 태양을 등지고 있다. 거리는 좁다랗다. 소매상인들은 인색하고, 부자들은 냉담하다. 인간들은 어디서든 마찬가지이다. 금빛 찬란한 침대에 몸을 누이고 있는 두 사람도 고독하리라. 고독감이 세계를 적시고 있다. 사랑하는 것, 사람을 사랑하는 것으로 모든 것은 시작된다. 하지만 이곳에서는 모든 것이 사람을 사랑하는 것으로 끝난다."(사이트 파이크의 《이스탄불 단편집》에 수록되어 있는 〈아렘다에는 뱀이 있다〉 중에서)

동문선

《얀 이야기》 ⓒ 2000 JUN MACHIDA

나는 결코 사이트 파이크와 같은 멋진 문장을 쓸 수가 없다. 그것은 몇 가지 의미에서 그러할 수밖에 없다. 먼저 나는 이스탄불에 산 적이 없고, 언어를 알지 못하며, 그와 같은 생활의 넉넉함이나 재능을 타고나지도 못하였고, 그리고 무엇보다도…… 사람을 사랑하지 않는 까닭이다.

──사랑하는 것, 사람을 사랑하는 것으로 모든 것은 시작된다. 하지만 이곳에서는 모든 것이 사람을 사랑하는 것으로 끝난다──나는 이토록 근사한 야유적 언사를 진정으로 음미하지 못한다. 다만 나그네일 뿐. 털실로 짠 모자에 꾀죄죄한 외투를 걸치고서 이미 오래전에 어두워져 버린 바자르의 후미진 뒷길이나, 인적이 끊긴 호젓한 모스크의 안뜰을 하릴없이 방황하는 게 고작일 터이다. 옛적부터 어쩔 수 없이 이 도시에 살면서 하루하루를 그저 그렇게 흘려보내듯이. 하지만 이스탄불의 주인 없는 고양이들은 이러한 변장술 따위에는 아랑곳하지 않은 채 이내 외국인 여행자들을 찾아내어, 본토박이에게는 내보이지 않는 어리궂은 얼굴로 바짝 다가들곤 한다. 이스탄불의 주인 없는 고양이 제군들, 그대들은 이 도시의 터키인들과 꼭 닮았다. 이스탄불은 나그네들을 무던히도 아낀다. 물론 나도 그대들

을 아낀다. 하지만 그런 까닭에 모든 것은 끝이 난다. 그 끝에는 아무것도 없으며, 내가 할 수 있는 유일한 것은 이스탄불에 작별의 인사를……

　그 도시를 마지막으로 본 지 10년쯤 되었으려나? 아침부터 저녁까지 내처 돌아다닌 길들에 대한 기억 한 자락까지도 아득하게 멀어 희미해졌을 무렵, 얄망스럽게도 이런 소품을 쓰게 되었다. 삶은 언제나 뒤틀어지고 어그러져 있다. 그나마 할 줄 아는 건 아무래도 불완전할 듯싶은 관광 팸플릿 같은 것. 그리고 마무리 단계까지의 어수선함 속에서 町田まり子 씨에게 번거롭기 짝이 없는 주석달기를 부탁하였다. 나는 언제나 도중에 그만둬 버리곤 하므로. 나의 방자함에도 불구하고 희생을 감수한 未知谷의 篠田幸江 씨에게는 눈이 아파지는 화상 처리를 맡겼다. 그리고 여느 때와 다름없이 飯島徹 씨는 간간이 술 종류를 마셔 가면서 적확한 지시를 내렸고, 프로듀서로서의 모든 업무를 수행해 냈다. 또한 니체와 관련한 문구들은 手塚富雄, 氷上英廣, 原佑, 吉澤傳三郎, 湯淺博雄 등, 여러분들의 역문을 참고하였다.
　한 권의 책을 펴내는 일은, 한 편의 영화를 촬영하는 것

과 매한가지로 여러 사람들과의 공동 작업이다. 관객이자
극장 주인이기도 한 독자의 곁에서 이 단편이 사랑받으며
상영되기를 바라면서…….

1998년 9월, 마치다 준

Çoban salatasi
Shepherds' Salad

점쟁이 토끼의 기호식 '초반 살라타스'
(양치기 샐러드)

재료 소개

양파	1/2개	파슬리	3줄기
토마토	1개	레몬	1/2개
오이	1개	올리브유	2큰술
피망	7개	소금 · 후춧가루	

양파며 토마토, 오이, 파슬리, 피망 등을 작은 듯하게 썬다.

갖은 재료를 볼에 담고서 소금과 후춧가루를 흩뿌린 뒤, 레몬즙과 올리브유를 첨가해 뒤섞는다.

파슬리는 이탈리안 파슬리를 쓰면 현지의 맛을 즐길 수 있다.

피망 대신 풋고추(이 경우는 가느다랗게 썰어서)라든가 마늘을 잘게 썰어서 넣거나, 래디시를 얇게 저며서 곁들이거나, 올리브로 장식한다. 취향껏.

야이라(여름 목영지)의 초반(양치기)인 듯한 기분으로 마늘과 풋고추 외에는 너무 잘게 썰지 않으며, 대담히 큼직큼직 썰어서 만들어 낸다.

247

얀 이야기

③

이스탄불의 점쟁이 토끼

초판발행: 2010년 1월 20일

지은이: 마치다 준〔町田 純〕
옮긴이: 김은진 · 한인숙
총편집: 李姃昤

東文選
제10-64호, 78. 12. 16 등록
110-300 서울 종로구 관훈동 74번지
전화: 737-2795

ISBN 978-89-8038-924-7 04830
ISBN 978-89-8038-921-6(세트)

사물들과 철학하기

로제-폴 드루아
박선주 옮김

　말 없고 의식도 없으며 무기력하고 감각도 없는 사물들에 대해 생각하는 일이 무슨 소용이 있을까? 우리가 사물들을 대하는 태도는 우리 자신에 대해 말해 주기 때문에 주변의 사물들을 사유하는 일이 결코 무의미하지는 않을 것이라고 저자는 생각한다. 사물들의 세계로의 여행은 끝이 없다. 이제는 우리가 생활 속에서 한번쯤은 이 여행을 떠나 볼 일이다.

　로제-폴 드루아는 프랑스의 철학자로서, 현대인들에게 철학을 쉽게 소개하는 글을 쓰는 것으로 유명하다. 제목에서 알 수 있듯이 그의 사유 방식은 독특하다. 일상적인 인사말을 그냥 지나치지 않고 거기에서 생각할 거리를 찾아낸다. 착상이 매우 기발하고, 우리가 매일 사용하는 주변의 일상적 사물들에서부터 사유를 시작한다는 점에서 친근하며, 어렵지 않으면서도 그 내용이 결코 가볍지 않다.

　"당신들은 클립 하나가 윤리의 한 면을 담고 있다는 사실을 이미 알아차렸나요? 열쇠 꾸러미 또는 가로등이 사랑에 대해 논할 수 있다는 사실은? 세탁기가 영혼의 윤회를, 쇼핑 카트가 감각들의 혼란에 대해 알려 준다는 사실을 알고 있었나요? 쓰레기통의 형이상학과 우산의 지혜, 진공청소기의 회전을 어렴풋이나마 느껴 본 적이 있나요? 당신들 주변을 살펴보세요. 생활 속에 인간들만 존재하는 것은 아니에요! 일상적인 사물들과 철학적인 경험을 해보세요. 그것들로 인해 놀라고, 당황하며, 안심할 수 있다는 사실을 발견해 보세요. 세세한 주의력과 탁월한 유머, 아주 약간의 터무니없는 말들이, 사물들을 다른 식으로 볼 수 있는 어떤 길을 보여 줄 것입니다."

로제-폴 드루아

東文選 現代新書 108

딸에게 들려 주는 작은 철학

롤란트 시몬 셰퍼
안상원 옮김

★**독일 청소년 저작상 수상(97)**
★**청소년을 위한 좋은 책(99, 한국간행물윤리위원회)**

작은 철학이 큰사람을 만든다. 아이들과 철학을 이야기하는 것이 요즘 유행처럼 되었다. 아이들에게 철학을 감추지 않는 것, 그것은 분명히 옳은 일이다. 세계에 대한 어른들의 질문이나 아이들의 질문들은 종종 큰 차이가 없으며, 철학은 여기에 답을 줄 수 있다. 이 작은 책은 신중하고 재미있게, 그러면서도 주도면밀하게 철학의 질문들에 대답해 준다.

이 책의 저자 시몬 셰퍼 교수는 독일의 원로 철학자이다. 그가 원숙한 나이에 철학에 대한 깊은 이해를 가지고 자신의 딸이거나 손녀로 가정되고 있는 베레니케에게 대화하듯 철학 이야기를 들려 주고 있다. 만약 그 어려운 수수께끼를 설명한다면 어떻게 할 것인가를 모형적으로 제시하고 있다.

철학은 우리의 구체적인 삶과 멀리 떨어져 있는 삶이 아니다. 우리가 사용하고 있는 말이란 무엇이며, 안다는 것은 무엇인가. 세계와 자연, 사회와 도덕적 질서, 신과 인간의 의미는 무엇인가 등 철학적 사유의 본질적 테마들로 모두 아홉 개의 장으로 나누어 이야기하고 있다. 쉽게 서술되었지만 내용은 무게를 가지고 있어서 중・고등학생뿐만 아니라 대학생과 성인들에게 철학에 대한 평이한 길라잡이가 될 것이다.

東文選 現代新書 102

글렌 굴드, 피아노 솔로

미셸 슈나이더

이창실 옮김

캐나다 태생의 전설적인 피아니스트 글렌 굴드에 관한 전기

정상에 오른 32세 나이에 무대를 완전히 떠났으며, 결혼도 하지 않고, 50세라는 길지 않은 생을 살았던 천재적인 피아니스트 글렌 굴드에 관한 전기나 책들이 외국에서는 이미 많이 나왔으나 국내에는 처음으로 번역 소개되었다.

삐걱거리는 의자, 몸을 흔들며 끙끙대는 신음, 흥얼대는 노래, 다양한 음색, 질주하는 템포, 악보를 무시하는 해석, ……독특한 개성으로 많은 음악애호가들의 사랑을 받아 왔던 글렌 굴드의 무대 경력은 불과 9년에 불과했다. 30세가 되면 연주회를 그만두겠다고 밝힌 바 있었으며, 32세에 이를 실행하였다. 50세에는 녹음을 그만두겠다고 했다가 50세가 되던 다음 다음날 임종했다. 짧다면 짧고 단순하다면 단순하다고 할 수 있는 이 연주가에 대해 한 편의 전기를 쓰는 일이 결코 쉬운 일이 아니었을 것이나, 여기서 저자는 통상적인 전기물의 관례를 깨뜨린 채 인물의 내면으로 곧장 빠져 들어감으로써 보다 강렬한 진실을 열어 보이는, 예기치 못한 방법으로 그의 삶과 예술 세계를 조명하고 있다. 그리하여 그동안 그의 음악을 들어 오던 독자들로 하여금 평소에 생각했던 점들이 너무도 또렷한 언어들로 구현되고 있다는 느낌을 떨쳐 버릴 수 없도록 해주고 있다. 굴드의 연주에 대한 날카로운 분석은 물론 그런 연주와 밀접하게 얽혀 있는 한 삶에 대한 저자의 이해와 긴 명상에 동참하는 기쁨을 누리게 해준다.

東文選 現代新書 50

느리게 산다는 것의 의미 1, 2, 3

피에르 쌍소

김주경 옮김

"삶의 길을 가는 동안 나 자신을 잃어버리지 않을 수 있는 능력과 세상을 받아들일 수 있는 능력을 확고히 심어주는 책"

우리에게 다가오는 사건을 기쁘게 받아들일 수 있는 능력을 갖기 위해서 필요한 지혜가 있다. 그것은 갑자기 달려드는 시간에게 허를 찔리지 않고, 허둥지둥 시간에게 쫓겨다니지도 않겠다는 분명한 의지로 알 수 있는 지혜이다. 우리는 그 지혜를 '느림' 이라고 불렀다.

느림은 우리에게 시간에다 모든 기회를 부여하라고 속삭인다. 그리고 한가롭게 거닐고, 글을 쓰고, 타인의 말에 귀를 기울이고 휴식을 취함으로써 우리의 영혼이 숨쉴 수 있게 하라고 말한다. 여기서 문제되는 느림 또는 고요함은 세계에 접근하는 방식의 문제이다. 그것은 빠른 속도로 박자를 맞추지 못하는 무능력을 의미하는 것이 아니라 서두르지 않는 의지, 시간이 뒤죽박죽되도록 허용치 않는 의지, 그리고 사건들을 대하는 능력을 배양하는 것과 우리가 어느 길에 서 있는지 잊지 않는 것을 의미한다. 물론 과업은 시간성을 어긋나게 하거나 우리의 생에서 가장 본질적이고 중요한 것을 잊게 하지 않는다면, 어느 정도 들볶이거나 바쁘기도 하면서 우리에게 더 유익하게 다가올 수도 있는 것이다. '느림' 과 '빠름' 은 가치 비교의 문제가 아니라 선택의 문제라는 것이다.

책은 마치 천천히 도심을 거니는 게으름뱅이의 일기처럼 쉽고 편안하게 씌어져 있다. 누구나 한번쯤은 생각해 봤을 법한 '우리는 왜 이렇게 살고 있는 것일까' 란 보편적인 주제를 다룬다.

東文選 文藝新書 2001

우리 아이들에게
어떤 지표를 주어야 할까?

장 뤽 오베르 / 이창실 옮김

가족이 해체되고, 종교와 신앙·가치들이 의문에 부쳐지고, 권위와 교육적 기준들이 흔들리고 있다. 오늘날 전통적 지표들이 동요하고 있는 것이다. 그런데 아이가 밝고 건강하게 자라기 위해서는 반드시 지표들이 주어져야 한다. 그렇지 못할 경우에 극단적인 태도로 기울어질 위험이 있기 때문이다.

교육심리학자이자 여러 저서의 저자이기도 한 장 뤽 오베르는, 아이들과 부모들에 대한 일상의 관찰에 힘입어 다음의 질문들에 대답하고 있다.

- 갓난아이, 어린아이, 청소년에게는 어떤 지표들이 반드시 필요한가?
- 아이를 과잉보호하지 않고 어떻게 안심시킬 수 있을까?
- 왜 다른 교육이 필요한가?
- 청소년기의 위기 앞에서 어떻게 반응해야 할까?
- 건전한 지표들과 불건전한 지표들을 어떻게 구별할 수 있을까?
- 무엇이 아이에게 강한 정체성을 부여하는 것일까?
- 쾌락과 관련된 지표들이 어떤 점에서 중요한가?
- 아이들은 신앙을 필요로 하는가?

본서는 부모들의 필독서로서, 그들에게 반성의 실마리 및 조언을 주어 자녀들이 절대적으로 필요로 하는 지표들을 제공할 수 있도록 한다. 그리하여 아동이 속박이나 염려스러운 불분명함 속에 방치되는 일 없이 교육을 통해 적절한 균형을 찾을 수 있도록 도와 준다. 또한 현재와 미래의 행복한 삶을 위한 성공의 조건들을 하나하나 제시해 나간다.

東文選 文藝新書 2002

상처받은 아이들

니콜 파브르

김주경 옮김

　우리가 유년기를 아무리 구름 한 점 없는 행복한 시기로 꿈꾼다고 해도, 그 시기가 우리의 바람처럼 언제나 낙원인 것은 아니다. 유년기 속에는 여러 가지 함정, 크고 작은 시련들이 숨겨져 있다. 아이는 이러한 것들 덕분에 자신을 튼튼히 세워 가기도 하고, 또한 이러한 것들 때문에 상처를 입을 위험도 있다.

　가정과 학교에서 어른들은 때때로 아이들에게 아픔을 주기도 하고, 그들의 고통스러운 외침에 귀를 닫기도 한다. 또 곁에 없는 부모로 인해 상처를 입은 아이가 생기는 것은, 아이에게 그 부모의 빈자리를 제대로 설명하지 못했기 때문이다. 뿐만 아니라 어떤 사실에 대해 아이에게 전혀 말을 하지 않고 비밀을 만드는 것은 아이를 무력하게 만들며, 삶의 의욕마저 앗아 갈 수 있다. 아이의 허약한 육체나 질병도 삶에서 심리학적인 문제를 가져올 수 있다. 유년기에는 이처럼 찔리고 터지고 깨지고 찢어진 온갖 상처들이 존재할 수 있다. 그런데도 흔히 우리는 아이가 표현할 수 없는, 혹은 표현할 줄 모르는 고통 같은 것은 옆으로 제쳐 놓기 십상이다.

　담임 선생님을 싫어하는 파비앙, 어머니의 비극적인 죽음을 가슴에 묻어두었던 상드라, 침묵에 짓눌린 프랑크, 뱃속에서부터 이미 손상되었던 세브랭의 경우 등을 통해서 정신분석가 니콜 파브르는 상처가 밖으로 표현됨으로써 아물어 가는 것을 보여 주고 있다. 그녀는 치료 과정에서 심리요법이 하는 역할과 아이가 정신분석가에게서 구할 수 있는 도움을 놀랍도록 섬세하게 설명해 주고 있다. 시련이란 일단 극복되고 나면 균형잡히게 자라도록 받쳐 주는 개성을 이루는 하나의 흔적이 될 수 있기 때문이다.